D0596343

COLLECTION FOLIO

John Howard Griffin

Dans la peau d'un Noir

Traduit de l'anglais
par Marguerite de Gramont

Gallimard

Titre original :

BLACK LIKE ME

Un Blanc, John Howard Griffin, hanté par le problème de la ségrégation raciale, décide d'aller au fond du problème en devenant lui-même un Noir. Comment ?

En 1959, ayant coupé les ponts avec sa famille et ses amis, il trouve un docteur de La Nouvelle-Orléans qui se plie, sans enthousiasme, à sa volonté.

Un médicament utilisé habituellement contre certaines maladies de la peau, une lampe à rayons ultraviolets : voilà les instruments de cette extraordinaire métamorphose réalisée en cinq jours.

Le Blanc, donc, entre dans la peau d'un Noir. Du 7 novembre au 14 décembre, il sillonne le Mississippi, l'Alabama, La Nouvelle-Orléans, empruntant tous les moyens de locomotion, dormant dans les taudis réservés aux gens de couleur, mangeant, vivant avec eux, comme eux, leur parlant d'égal à égal puisqu'il est noir.

L'évolution de John Griffin le conduit, après bien des révoltes, à s'identifier à la condition de Noir. Lorsqu'il reprend son identité, c'est le même chemin qu'il lui faut parcourir à rebours. Il s'arrache avec peine à son personnage de Noir.

Ce n'est pas un hasard si ses concitoyens de Mansfield ne le considèrent plus ni comme un Blanc, ni comme un Noir. Il n'appartient plus à aucun camp. Mais n'est-ce pas pour cela que les opprimés, eux, le considèrent comme l'un des leurs ?

John Howard Griffin est né en 1920 à Dallas (Texas), la ville des milliardaires. Étudiant en médecine, il se destine à la carrière de psychiatre. S'intéressant à la musicologie, il vient en France travailler avec Nadia Boulanger et fait des recherches historiques chez les Bénédictins de Solesmes.

Il a fait la guerre de 1940 dans le Pacifique et a été sérieusement blessé à deux reprises.

En 1947, il retourne aux États-Unis où il continue ses études de philosophie et de théologie, avant de devenir écrivain.

Le 28 octobre 1959.

Une idée m'avait hanté, pendant des années, et cette nuit-là, elle me revint avec plus d'insistance que jamais.

Si, au cœur des États du Sud, un Blanc se transformait en Noir, comment s'adapterait-il à sa nouvelle condition ? Qu'éprouve-t-on lorsqu'on est l'objet d'une discrimination fondée sur la couleur de votre peau, c'est-à-dire sur quelque chose qui échappe à votre contrôle ?

Ces réflexions ont de nouveau été mises en pleine lumière par un rapport qui traînait sur ma table, dans la vieille grange dont je me sers comme bureau. Ce compte rendu indiquait une tendance au suicide de plus en plus marquée chez les Noirs du Sud. Cela ne signifiait pas qu'ils se donnaient la mort, mais plutôt qu'ils avaient atteint le stade où peu leur importait de vivre ou de mourir.

On en était donc là, malgré les assertions des

législateurs blancs du Sud, qui insistaient sur « leurs rapports merveilleusement harmonieux » avec les Noirs.

Je m'attardais dans mon bureau, à la ferme que mes parents possédaient à Mansfield, dans le Texas. Ma femme et mes enfants dormaient chez nous, à cinq miles[1] de là. Incapable de m'en aller, incapable de dormir, je restais là, assis, environné des senteurs de l'automne qui pénétraient par la fenêtre ouverte.

Comment un Blanc pouvait-il espérer apprendre la vérité sans devenir lui-même un Noir ?

Dans le Sud, nous avions beau vivre côte à côte, toute communication entre les deux races avait simplement cessé d'exister. En fait, chacune ignorait tout de l'autre. Le Noir du Sud ne dira jamais la vérité au Blanc. Depuis longtemps il sait que, s'il dit une vérité déplaisante au Blanc, le Blanc le lui fera payer cher.

La seule façon possible de combler le gouffre entre nous, me semblait-il, était de devenir un Noir. Je décidai de le faire.

Je me préparai à pénétrer dans un univers qui me parut soudain mystérieux et terrifiant. En prenant cette décision, je réalisai que, spécialiste des questions raciales, je ne connaissais en fait rien du véritable problème noir.

1. Un mile = 1,600 km.

Le 29 octobre 1959.

Je me rendis en voiture à Fort Worth dans l'après-midi, afin de parler de ce projet à mon vieil ami George Levitan. Il est propriétaire de *Sepia,* une publication pour Noirs du même format que *Look,* et de diffusion internationale. C'est un homme entre deux âges, de forte carrure, qui, depuis longtemps, avait gagné mon admiration en donnant aux êtres humains, quelle que fût leur race, les mêmes chances et les mêmes conditions de travail, selon leurs compétences et les possibilités. Grâce à un programme d'une discipline acharnée, il avait fait de *Sepia* un modèle publié, imprimé et distribué au moyen de ses installations de Fort Worth, qui valaient un million de dollars.

C'était une magnifique journée d'automne. J'arrivai chez lui au milieu de l'après-midi. Sa porte était toujours ouverte, j'entrai donc et l'appelai.

Il m'accueillit affectueusement, m'offrit du café et un siège. A travers les portes vitrées de son cabinet de travail, je voyais sa piscine où quelques feuilles mortes flottaient sur l'eau.

Tandis que j'exposais mon projet, il écoutait, le visage enfoui dans ses mains.

« C'est une idée saugrenue. Vous allez vous faire tuer à faire l'imbécile dans ces parages. » Mais il n'arriva pas à cacher son enthousiasme.

Je lui dis que la situation raciale dans le Sud était l'opprobre du pays tout entier, et nous faisait surtout beaucoup de tort à l'étranger ; la meilleure façon de savoir si nous avions des compatriotes défavorisés et de connaître leurs conditions d'existence était de devenir l'un d'entre eux.

« Mais ce sera terrible, dit-il. Vous allez être aux prises avec la racaille la plus primaire du pays. Si jamais ils vous repéraient, ils vous infligeraient certainement un châtiment exemplaire. » Il regarda par la fenêtre, tendu et concentré. « Mais, vous savez, c'est une idée magnifique. Je me rends parfaitement compte que vous allez la mettre à exécution, alors que puis-je faire pour vous aider ?

— Prendre en charge les frais, et je vous donnerai quelques articles pour *Sepia* — ou quelques chapitres du livre que j'écrirai. »

Il accepta, mais me conseilla de consulter Mrs. Adelle Jackson, rédactrice en chef de *Sepia*, avant de tracer des plans définitifs. Nous avons tous deux beaucoup de considération pour cette femme extraordinaire, qui, simple secrétaire, était devenue l'un des rédacteurs les plus importants du pays.

Après avoir quitté Mr. Levitan, j'allai la voir. Tout d'abord elle trouva cette idée irréalisable. « Vous ne savez pas sur quoi vous allez tomber, John », me dit-elle. Elle estimait que, lors de la publication de mon livre, je serais la cible de tous les partisans de la haine, qui ne reculeraient devant rien pour me discréditer ; et quant à ceux de mes pairs qui partageaient mes opinions, beaucoup d'entre eux n'oseraient pas me manifester de sympathie en public. Et, en outre, il existe, même chez les Sudistes de bonne volonté, des courants profonds qui les inclinent à trouver avilissant d'assumer l'identité d'un homme de couleur. Et d'autres qui proclament : « Ne réveillez pas les passions. Efforçons-nous de maintenir la paix. »

Je rentrai alors chez moi, et je mis ma femme au courant. Après s'être remise de son étonnement, elle admit aussitôt que, si je jugeais nécessaire de le faire, il ne fallait pas hésiter. Elle contribua à la réalisation de ce projet, en acceptant de mener avec nos trois enfants une vie familiale insatisfaisante, sans mari et sans père.

Je retournai ce soir-là à mon bureau dans la grange. Par la fenêtre ouverte, les grenouilles et les grillons rendaient le silence plus profond. Dans les bois, un vent frais faisait bruire des feuilles mortes. Il amenait une odeur de terre fraîchement retournée, attirant mon attention sur les champs où, seulement quelques heures auparavant, le tracteur avait cessé de labourer. J'en percevais les effluves dans le silence, et les vers de terre qui se faisaient un chemin dans la profondeur des sillons, et les bêtes sauvages qui erraient dans les bois à la recherche d'amours nocturnes ou de nourriture. J'éprouvais le début de la solitude, l'affreuse appréhension de ce que j'avais décidé de faire.

Le 30 octobre 1959.

Déjeuner avec Mrs. Jackson, Mr. Levitan et trois agents du F.B.I. du Bureau de Dallas. Tout en sachant que mes plans n'étaient pas de leur ressort, et qu'ils ne pouvaient les aider en aucune façon, je voulais cependant qu'ils en fussent informés au préalable. Nous en discutâmes dans les moindres détails. Je décidai de ne changer ni mon nom, ni mon identité. Je me contenterais de modifier ma pigmentation, et je laisserais les gens tirer leurs propres conclusions. Si l'on me demandait qui j'étais, ou ce que je faisais, je répondrais la vérité. « Est-ce que vous croyez qu'ils me traiteront comme John Howard Griffin, sans se soucier de ma couleur, ou comme un Noir inconnu, bien que je sois toujours le même homme ? demandai-je.

— Vous n'êtes pas sérieux, dit l'un d'eux. Ils ne vous poseront pas de questions. En vous voyant ils vous prendront pour un Noir, et c'est tout ce qu'ils voudront jamais savoir de vous. »

Le 1er novembre 1959. La Nouvelle-Orléans (Louisiane).

Arrivé par avion à la tombée de la nuit, je déposai mes bagages à l'hôtel Monteleone, dans le quartier français où j'allai me promener.

Etrange impression. Lorsque j'étais aveugle, j'étais venu ici, et j'avais appris à circuler au moyen d'une canne dans le quartier français. Aujourd'hui, j'étais profondément bouleversé de voir les endroits que j'avais connus alors. Je marchai pendant des miles, essayant de reconnaître avec mes yeux tout ce dont autrefois je n'avais perçu que l'odeur et le son.

Il y avait partout des promeneurs. J'errai dans la foule, enchanté par les rues étroites, les balcons en fer forgé, la verdure et les plantes grimpantes que j'apercevais, éclairées dans des cours intérieures pavées. Tout ce que je voyais était un enchantement, que ce fût un coin de rue déserte à la lueur d'un réverbère ou le tohu-bohu éclaboussé de néon de la rue Royale.

Je passai devant des bars d'un luxe agressif où des racoleurs m'incitèrent à venir voir les « filles sensationnelles » tortiller des hanches ; ils laissaient les portes suffisamment ouvertes pour que l'on pût apercevoir un intérieur estompé, enfumé, traversé par la lueur de projecteurs roses qui coloraient la chair des filles à moitié nues. Je continuai à flâner. Les bars vomissaient de la musique de jazz. Des odeurs de vieilles pierres, de cuisine créole et de café envahissaient les rues.

Chez Broussard, je dînai à la belle étoile dans une cour intérieure magnifique — *huîtres variées* [1], salade verte, vin blanc et café ; le même repas que j'avais pris là jadis. J'apercevais tout — les lanternes, les

1. En français dans le texte.

arbres, les tables éclairées aux bougies, la petite fontaine, comme si je regardais à travers l'objectif d'une caméra. Entouré de serveurs, de clients et de nourriture de luxe, je songeais aux autres quartiers où je serais appelé à vivre les jours à venir. Existait-il un endroit à La Nouvelle-Orléans où un Noir pût s'offrir des *huîtres variées* ?

A dix heures j'avais fini de dîner et j'allai téléphoner à un vieil ami. Il insista pour que je demeure chez lui, ce qui me fut un soulagement, car ma transformation en Noir aurait présenté toutes sortes de difficultés dans un hôtel.

Le 2 novembre 1959.

Dans la matinée je me mis en rapport avec le service d'informations médicales et je demandai les noms de quelques-uns des meilleurs dermatologues. Il m'en fut donné trois. Le premier à qui je téléphonai me donna rendez-vous immédiatement ; je me rendis donc à son cabinet de consultation et lui expliquai ce que j'attendais de lui. Il n'avait jamais eu à satisfaire pareille demande, mais consentait à m'aider à réaliser mon projet. Après avoir établi ma fiche médicale, il me demanda d'attendre pendant qu'il téléphonait à des collègues auxquels il demanda la meilleure méthode pour noircir ma peau.

Il revint bientôt dans la pièce pour m'annoncer qu'ils étaient tous d'accord sur la marche à suivre : prendre un médicament par la voie buccale et ensuite m'exposer à des rayons ultraviolets. Il expliqua qu'ils l'employaient pour guérir les gens atteints du vitiligo, maladie dont les symptômes sont des taches incolores sur le visage et le corps. Jusqu'à la découverte de ce traitement les victimes de cette maladie devaient se maquiller lorsqu'elles paraissaient en public. Son utilisation pouvait cependant avoir des conséquences dangereuses. Il fallait d'ordinaire six semaines à trois mois pour foncer la peau. Je lui dis que je ne disposais pas de ce temps et nous dédidâmes d'essayer un traitement intensif, en faisant régulièrement des prises de sang pour voir comment je réagissais. Je fis exécuter l'ordonnance, rentrai à la maison et avalai les comprimés. Deux heures après je soumis tout mon corps aux rayons ultraviolets.

Le maître de maison était absent la plupart du temps. Je lui dis que j'étais chargé d'une mission, dont je ne pouvais pas parler, et lui demandai de ne pas s'étonner si je m'éclipsais tranquillement sans prendre congé. Je le savais dépourvu de préjugés, malgré cela je ne voulais pas qu'il fût compromis tant soit peu dans mon aventure, car, lorsqu'elle serait connue, il pourrait y avoir de ses amis ou des sectaires qui, désapprouvant son rôle, chercheraient à exercer des représailles contre lui. Il me donna la clef de sa maison et nous nous mîmes d'accord pour suivre chacun notre horaire sans nous préoccuper des rapports qui existent habituellement entre un hôte et ses invités.

Après dîner, je pris le trolley jusqu'en ville et je déambulai à travers quelques-uns des quartiers noirs dans les parages de South Rampart-Dryades Street. Ce sont pour la plupart des quartiers pauvres avec des cafés, des bars, des commerces de tout genre jouxtant des maisons surpeuplées. Je recherchai une brèche, un moyen de pénétrer le monde noir, un point de contact peut-être. C'était encore un domaine inconnu de moi. Ma préoccupation la plus grave était le moment de transition lorsque j'allais « franchir la frontière ». Où et comment le ferais-je ? Passer de l'univers des Blancs à celui des Noirs est chose complexe. Je cherchais la lézarde du mur par laquelle je pourrais me glisser sans être aperçu.

Le 6 novembre.

J'avais passé les quatre derniers jours soit chez le docteur, soit enfermé dans ma chambre sous la lampe à ultraviolets avec des tampons d'ouate sur les yeux. Mon sang avait été analysé deux fois et l'on n'avait constaté aucun traumatisme hépatique. Mais ces médicaments me fatiguaient et je me sentais constamment sur le point de vomir. Le docteur, bienveillant, me mit en garde contre les risques d'un projet qui impliquerait le contact avec les Noirs. Maintenant qu'il avait eu le temps d'y réfléchir, il commençait à avoir des doutes sur la sagesse de cette entreprise, ou peut-être prenait-il davantage conscience de sa responsabilité. En tout cas, il me conseilla fortement d'avoir un point de chute dans toutes les grandes villes afin que ma famille pût prendre de mes nouvelles de temps à autre.

« Je crois en la fraternité universelle, affirma-t-il. Je respecte toute race. Mais je n'oublierai jamais ce que j'ai vu pendant mon internat lorsque j'étais obligé de descendre dans South Rampart Street pour recoudre des Noirs. Il y en avait trois ou quatre tranquillement assis dans un bar ou chez un ami. D'un instant à l'autre leur entente amicale se trouvait rompue par un incident quelconque qui aboutissait à des échanges de coups de couteau. Certes, nous sommes prêts à tout faire pour eux, mais nous devons faire face à ce problème — comment peut-on juger équitablement des hommes qui ignorent la justice au point de tuer ? — d'autant plus que leur attitude envers leur propre race est destructrice. »

Sa tristesse semblait sincère. Je lui dis, selon mes sources d'information, que les Noirs eux-mêmes étaient conscients de ce dilemme et qu'ils faisaient de grands efforts pour s'unir entre eux et condamner toutes leurs tactiques, leurs violences ou leurs injustices qui pourraient se retourner contre la race dans son ensemble.

« Je suis heureux de vous entendre dire cela », répondit-il, manifestement sceptique.

Il me fit part d'un des aphorismes des gens de couleur — plus leur peau est claire, plus ils sont honnêtes. Je fus étonné qu'un homme intelligent se laissât prendre à ce cliché, étonné aussi que des Noirs pussent s'en prévaloir, car cela mettait les Noirs foncés en position d'infériorité et alimentait cette conception raciste de juger un homme par sa couleur.

Lorsque je n'étais pas en train de me faire brunir, je marchais à travers les rues de La Nouvelle-Orléans afin d'en connaître la topographie. Chaque jour je m'arrêtais dans la rue près du Marché Français, à l'endroit où se tenait toujours un cireur de chaussures. C'était un homme d'un certain âge, grand, remarquablement intelligent et beau parleur. Il avait perdu une jambe à la guerre de 14-18. Il n'avait ps l'obséquiosité des Noirs du Sud, mais il était courtois et d'un abord facile. (Non que je me berçasse de l'illusion de le connaître, car il était trop rusé pour accorder ce privilège à un Blanc.) Je lui confiai que j'étais un écrivain, voyageant à travers l'extrême Sud pour y étudier les conditions de vie, les droits civiques, etc., mais sans préciser que j'allais le faire en tant que Noir. Finalement nous échangeâmes nos noms. Il s'appelait Sterling Williams. Je décidai qu'il pourrait être mon point de jonction pour pénétrer dans la communauté noire.

Le 7 novembre.

J'allai voir le docteur pour la dernière fois dans la matinée. Son traitement n'avait pas obtenu des résultats aussi rapides et aussi complets que nous l'avions espéré, mais j'avais une couche brune de pigment que je pouvais facilement foncer au moyen d'un colorant. Il fut décidé de me raser le crâne, puisque je n'étais pas frisé. Les dosages furent déterminés et je devais foncer avec le temps. A partir de ce moment j'étais livré à moi-même.

Le docteur manifesta un grand scepticisme et même des regrets d'avoir contribué à ma transformation. De nouveau, il me mit instamment en garde et me demanda de l'appeler à toute heure du jour ou de la nuit en cas d'ennuis. En quittant son cabinet il me serra la main et dit avec solennité : « Maintenant, vous tombez dans l'oubli. »

Une chape de glace s'était abattue sur La Nouvelle-Orléans, ce qui fait que ce jour-là ma séance de brunissage fut très agréable. Je décidai de me raser la tête dans la soirée et de commencer mon aventure.

Dans l'après-midi mon hôte m'examina avec une inquiétude amicale. « Je ne sais pas ce que vous êtes sur le point de faire,dit-il, mais je suis inquiet. »

L'ayant rassuré sur mon sort, je l'avertis que je partirais probablement cette nuit-là. Il me dit qu'il avait un rendez-vous mais qu'il allait le décommander. Je lui demandai de n'en rien faire. « Je ne veux pas que vous soyez ici lors de mon départ. »

« Qu'allez-vous faire — devenir Portoricain ou quelque chose d'analogue ? » demanda-t-il. « Quelque chose du même genre. Cela pourrait entraîner des conséquences. Je préfère vous tenir en dehors de tout ceci. Je ne veux pas vous compromettre. »

Il s'en alla vers cinq heures de l'après-midi. Je me préparai quelque chose pour dîner et bus un grand nombre de tasses de café, reculant le moment où je devrais raser ma tête, me passer à la teinture et émerger Noir dans La Nouvelle-Orléans vespérale.

Je téléphonai chez moi, mais personne ne répondit. Mes nerfs frémissaient d'appréhension. Je finis par me couper les cheveux et me raser la tête. Il me fallut des heures et un certain nombre de lames de rasoir pour obtenir un crâne lisse. Peu à peu la maison s'environna de silence. Par intervalles j'entendais le tramway passer avec fracas dans la nuit. J'appliquai des couches successives de colorant, essuyant chacune au fur et à mesure. Je pris ensuite une douche pour enlever l'excédent. Je ne me regardai pas dans une glace avant d'avoir fini de m'habiller et achevé de préparer mes fourre-tout.

Éteignant toutes les lumières, j'allai dans la salle de bains où je m'enfermai. Dans l'obscurité je restai planté devant le miroir, ma main sur le bouton de l'électricité. Je m'obligeai à le tourner.

Dans un flot de lumière reflété par le carrelage blanc, le visage et les épaules d'un inconnu — un Noir farouche, chauve, très foncé — me fixait avec intensité dans le miroir. Il ne me ressemblait en aucune façon. La transformation était complète et bouleversante. Je m'attendais à me trouver déguisé, ceci était tout autre chose. J'étais emprisonné dans le corps d'un parfait étranger, peut attirant et à qui je ne me sentais lié en rien. Tout ce qui pouvait subsister du John Griffin antérieur était anéanti. Ma personnalité elle-même subissait une métamorphose tellement totale que j'en éprouvai une détresse profonde. Je regardai dans le miroir qui ne reflétait rien du passé de John Griffin, homme blanc. Non, cette image était un retour à l'Afrique, aux masures et au ghetto, aux luttes stériles contre l'anathème noir. Tout à coup, sans presque aucune préparation mentale, sans indications préalables, cela m'apparut évident et m'imprégna entièrement. Ma tendance naturelle fut de lutter contre cela. J'avais été trop loin. Je savais maintenant qu'il ne peut être question d'un homme blanc déguisé lorsque le maquillage foncé ne peut être enlevé. L'homme teint est intégralement un Noir, quoi qu'il ait pu être auparavant. J'étais un Noir de fraîche date qui devait franchir cette porte et vivre dans un univers qui m'était étranger.

Je fus épouvanté par une métamorphose aussi complète. C'était différent de tout ce que j'avais imaginé. Je devins deux hommes, l'un qui observait et l'autre qui s'affolait, qui se sentait négroïde jusqu'au plus profond de ses entrailles.

Je commençais à éprouver un sentiment de grande solitude, non parce que j'étais un Noir, mais parce que l'homme que j'avais été, l'individu que j'avais connu était caché dans le corps d'un autre.

Si je rentrais chez moi, ma femme et mes enfants ne me reconnaîtraient pas. Ils ouvriraient la porte et me dévisageraient avec stupéfaction. Mes enfants voudraient savoir qui était ce grand Noir chauve. Je savais que si j'abordais des amis ils se sauraient pas qui j'étais.

Je m'étais immiscé dans ce mystère de l'existence et j'avais perdu le sens de ma personnalité. Voilà ce qui me ravageait. Le Griffin que j'étais s'était volatilisé.

Ce qu'il y avait de pire, c'est que je n'éprouvais aucune sympathie pour ce nouveau personnage. Son apparence me déplaisait. Peut-être était-ce seulement le choc d'une première réaction, pensai-je. Mais la transformation était accomplie et il n'y avait plus moyen de retourner en arrière. Pendant quelques semaines je devais être ce Noir chauve et vieillissant ; je devais circuler dans un univers hostile à ma peau, hostile à ma couleur.

Comment se lancer ? La nuit au-dehors offrait son attente. Mille questions se pressaient devant moi. La singularité de ma situation me frappa à nouveau. Je venais de naître, déjà vieux, à minuit, pour être jeté dans une vie nouvelle. Comment un tel homme devait-il se comporter ? Où allait-il trouver sa nourriture, de l'eau, un lit ?

La sonnerie du téléphone retentit, tout mon système nerveux se révulsa. Je pris le récepteur et répondis que mon hôte était sorti pour la soirée. Encore ce sentiment bizarre, l'impression secrète que mon interlocuteur ne savait pas qu'il parlait à un Noir. J'entendis carillonner doucement la vieille horloge du rez-de-chaussée. Je sus, sans compter les coups qui s'égrenaient, qu'il était minuit. Il était temps de partir.

Terriblement conscient de mon personnage, je sortis de la maison et me plongeai dans les ténèbres de la nuit. Il n'y avait personne en vue. J'allai jusqu'au coin de la rue et j'attendis sous un réverbère le tramway.

J'entendis des pas. Un homme blanc surgit de l'ombre. Il vint attendre à côté de moi. Je me trouvais dans une situation entièrement nouvelle. Devais-je dire « bonsoir » ou simplement l'ignorer ? Il me regarda fixement. Je restais figé sur place, me demandant s'il allait parler, me poser une question. Malgré la fraîcheur de la nuit, mon corps était trempé de sueur. Ceci également était nouveau pour moi. C'était la première fois que ce Noir adulte transpirait. Je trouvai réconfortant que le Griffin noir eût exactement la même sueur que le Griffin blanc. Ainsi que je l'avais prévu, mes découvertes étaient naïves, comme celles d'un enfant.

Une lueur blafarde ruisselant par ses vitres, le tramway s'arrêta bruyamment. Je n'oubliai pas de laisser le Blanc monter le premier. Il paya sa place et alla s'asseoir, sans tenir compte de moi. J'eus l'impression de remporter ma première victoire. Il ne m'avait pas posé de questions. Lorsque je payai mon ticket, le contrôleur me fit un signe de tête aimable. Bien qu'il n'y eût point de ségrégation dans les tramways de La Nouvelle-Orléans, je m'assis à l'arrière. Il y avait là des Noirs qui me jetèrent un coup d'œil dénué de soupçon et d'intérêt. Je commençais à prendre confiance. Je demandai à l'un d'eux l'adresse d'un bon hôtel. Il me dit que le Butler dans Rampart Street n'était pas plus mal qu'un autre, et m'indiqua l'autobus qui me mènerait dans cette direction.

Je descendis et me mis à marcher dans Canal Street, au cœur de la cité, un petit fourre-tout dans chaque main. Je passai devant les mêmes cabarets et lieux de plaisirs où j'avais été sollicité par des rabatteurs les nuits précédentes. Ils s'efforçaient de convaincre les Blancs de venir à l'intérieur pour voir les filles. Par les portes entrouvertes filtraient les mêmes odeurs de fumée, d'alcool et de moiteur. Ce soir, ils ne me sollicitèrent point. Ce soir, ils me regardèrent sans me voir.

J'allai dans un drugstore dont j'avais été un client assidu depuis mon arrivée. J'achetai des cigarettes à la vendeuse avec laquelle j'avais bavardé tous ces jours derniers.

« Un paquet de Picayunes, s'il vous plaît », dis-je en réponse à son regard interrogateur.

Elle m'en tendit un, prit mon billet de banque et me rendit la monnaie sans me reconnaître, ni plaisanter comme les autres jours. Ma réaction fut encore celle d'un enfant. Les senteurs de la rue, les odeurs de parfum et d'arnica du drugstore étaient perceptibles au Noir comme ils l'avaient été au Blanc, et j'étais conscient de ce fait. Seulement cette fois-ci je ne pouvais plus aller au comptoir commander une citronnade ou demander un verre d'eau.

Je pris l'autobus pour South Rampart Street. En dehors des clients des cabarets il n'y avait personne dans la rue lorsque j'arrivai au Butler Hotel. Derrière le comptoir, un homme était en train de confectionner un sandwich pour une cliente. Il me promit une chambre lorsqu'il aurait terminé sa besogne. Je m'assis à une des tables et j'attendis.

Un grand Noir à l'aspect sympathique entra et s'installa. Il m'adressa un sourire et déclara : « Dis donc, tu t'es bien tondu le crâne ! Hein ?

— Oui, ça ne colle pas ?

— Mon vieux, c'est au poil. Ça te va vraiment très bien. Il paraît que les filles en pincent de plus en plus pour les chauves. Elles disent que c'est un signe certain de virilité. »

Je lui laissai croire que c'était la raison pour laquelle j'avais rasé ma tête. La conversation s'engagea sans peine. Je lui demandai si nous nous trouvions dans le meilleur hôtel du quartier. D'après lui, le Sunset Hotel, en haut de la rue, serait d'une classe supérieure. Je pris mes bagages et me dirigeai vers la porte. « A bientôt, tondu », me cria-t-il.

Je repérai le Sunset Hotel à côté d'un bar, grâce à une enseigne au néon orange. Le petit hall d'entrée minable était vide. J'attendis quelques instants près du bureau de réception et j'appuyai ensuite sur un bouton électrique. Un homme, que j'avais manifestement tiré de son sommeil, arriva en bras de chemise, boutonnant son pantalon. Il déclara que je devais payer d'avance et qu'il était interdit aux hommes de ramener des filles dans leurs chambres. Je payai deux dollars quatre-vingt-cinq et il me fit monter un escalier étroit, aux marches grinçantes, jusqu'au deuxième étage. J'étais derrière lui lorsqu'il ouvrit la porte de ma chambre et par-dessus son épaule j'aperçus une misérable cellule sans fenêtre. Je faillis repartir, mais je compris que je ne pourrais probablement pas trouver quelque chose de mieux. Nous entrâmes dans la chambre et je vis qu'elle était propre.

« Les toilettes sont au bout du couloir », me dit-il.

Je fermai la porte à clef derrière lui et je m'assis sur le lit dans un fracas de ressorts grinçants. Je fus envahi par une profonde tristesse qui s'accroissait avec les bruits du bar, les conversations, les rires, le jazz. Ma chambre était à peine plus grande que le lit à deux places qui l'occupait. Une imposte qui s'ouvrait au-dessus de la porte était le seul moyen d'aération. Mélangé à celui d'autres chambres, l'air n'était pas pur. Outre le lit, et un minuscule radiateur à gaz, il y avait une table de toilette branlante avec deux serviettes élimées et un petit morceau de savon.

Il était maintenant plus d'une heure du matin. Il y avait une lumière tellement faible que je voyais à peine assez pour écrire. Sans fenêtre, j'avais une impression de claustrophobie étouffante.

J'éteignis et m'efforçai de dormir, mais il y avait trop de bruit. Par l'imposte, la lumière venait éclairer le ventilateur du plafond, projetant contre le mur d'en face l'ombre déformée des quatre pales immobiles.

A travers mon plancher recouvert de linoléum éclata une autre rengaine de jazz accompagnée des aboiements de plus en plus bruyants d'un chien du voisinage. Je ne parvenais pas à me soustraire à la tristesse poignante qui se dégageait de tout cela, et je m'étonnais de l'action néfaste que le bruit pouvait avoir sur l'esprit.

J'enfilai mon pantalon et, pieds nus, j'allai dans le corridor étroit et obscur jusqu'à la porte marquée « Hommes » en caractères maladroitement formés. Le grondement sourd de l'eau qui giclait contre la paroi métallique d'une douche emplissait la pièce ainsi qu'un relent de sueur et de savon. Un homme était sous la douche. Un autre, grand, à la peau noire, était assis nu par terre, attendant son tour. Il était appuyé contre le mur, ses jambes allongées devant lui. Il ne manquait pas de dignité, malgré sa nudité. Nos regards se croisèrent et il me salua poliment.

« Il fait froid, n'est-ce pas ? me dit-il.

— Et comment !

— Vous me parlez ? cria l'homme de sous le tintamarre de la douche.

— Non, il y a quelqu'un d'autre ici.

— Je vais bientôt avoir terminé.

— Prenez tout votre temps, il ne veut pas de douche. »

Je constatai que la salle de bains était propre, bien que la robinetterie fût vétuste et rouillée.

« Avez-vous un radiateur dans votre chambre ? » me demanda l'homme qui était par terre.

Nous nous regardâmes, il émanait une grande bienveillance de ses tentatives de conversation.

« Oui, mais je ne l'ai pas allumé.

— Vous êtes sûr que vous ne voulez pas prendre une douche ? me demanda-t-il.

— Non, il fait trop froid. Vous allez geler assis comme cela, nu, par terre. »

Ses yeux bruns perdirent un peu de leur gravité. « Il a fait si chaud ici ces derniers temps. Dans un sens ça fait du bien d'avoir froid. »

Je m'avançai vers le lavabo pour me passer les mains à l'eau.

« Vous ne pouvez pas l'utiliser, dit-il aussitôt. L'eau coulerait par terre. »

Je regardai en dessous et constatai qu'il n'y avait pas de tuyau d'écoulement. Il allongea le bras et écarta le rideau mouillé de la douche. « Hé, là-dedans, si vous vous reculiez pour que ce monsieur puisse se laver les mains ?

— Ça va, je peux attendre, dis-je.

— Allez-y, insista-t-il avec un signe de tête.

— Bien sûr, venez », acquiesça l'homme qui était sous la douche. Il ralentit le débit de l'eau. Dans l'obscurité de la douche tout ce que je pouvais voir était une ombre noire et des dents d'une blancheur éclatante. Je passai par-dessus les jambes de l'autre et me lavai rapidement avec le savon que l'homme de la douche me fourra dans la main. Quand j'eus terminé je le remerciai.

« Ça va, ça va. C'est avec plaisir », ajouta-t-il en augmentant à nouveau la force du jet d'eau. L'homme assis par terre me tendit sa serviette pour m'essuyer les mains. Je réalisai que j'étais en train d'avoir dans cette minuscule pièce sans fenêtre, faiblement éclairée, mes premiers rapports prolongés de Noir avec des Noirs. C'est l'absence de drame qui rendait la situation dramatique, et le calme et les échanges de politesses auxquels nous nous croyions tenus. Le monde extérieur est-il si dur à notre égard, m'étonnai-je, qu'il nous pousse entre nous à la bonté, pour nous sauver du désespoir.

« Voulez-vous une cigarette ? » demandai-je.

« Merci, monsieur — avec plaisir. » Il pencha son corps massif en avant pour la prendre. Sa chair noire reflétait la lumière terne qui tombait du plafond. Je fouillai dans la poche de mon pantalon à la recherche de feu et j'allumai nos cigarettes. Nous parlâmes de politique locale. Je lui appris que j'étais un nouveau venu et que j'en ignorais tout. Il s'abstint de me poser des questions, et m'expliqua que le maire, Morrison, avait la réputation d'être un homme juste et que les Noirs espéraient qu'il serait élu gouverneur de l'État. Je compris que peu importaient les paroles, que pour quelques instants nous étions à l'abri du monde et que nous ne voulions pas rompre notre entente en retournant dans nos chambres. Cela nous donnait une impression de chaleur et de bien-être, malgré le formalisme de notre conversation et le respect que nous nous manifestions. Il ne me demanda ni mon nom ni d'où je venais. Lorsque l'homme sortit tout ruisselant de la douche, le grand qui était par terre se releva lourdement, jeta sa cigarette dans le lavabo et alla prendre une douche à son tour. Je leur dis bonsoir et retournai dans ma chambre. Je me sentais moins seul, réconforté par cette rencontre avec mes semblables, des êtres qui avaient besoin d'être rassurés par des regards exprimant autre chose que la défiance ou la haine.

Le 8 novembre.

Ténèbres. A travers le vasistas, un pâle rayon de lumière. Je m'éveillai plusieurs fois, trouvant la nuit bien longue. Il me vint alors à l'esprit que, la chambre n'ayant pas de fenêtre, le jour était peut-être levé.

Je m'habillai, emportai mes bagages et descendis l'escalier. Sous le soleil, Rampart Street brillait d'un éclat éblouissant. Par la fenêtre du hall d'entrée je voyais déferler la circulation. « Vous revenez ce soir, monsieur Griffin ? » me demanda aimablement l'homme qui était à la caisse.

« Je ne sais pas encore.

— Si vous le désirez, vous pouvez laisser ici vos bagages.

— Merci, j'en ai besoin.

— Avez-vous bien dormi ?

— Merci, très bien. Quelle heure est-il ?

— Un peu plus de onze heures et demie.

— Fichtre ! En effet, j'ai dormi. »

Par la fenêtre je percevais un monde estompé et j'attendais que mes yeux s'accoutumassent à la lumière du soleil. Je me demandais ce que je ferais, où j'irais. J'avais quelques chemises de rechange, des mouchoirs et du linge dans mon sac, environ deux cents dollars en chèque de voyage et vingt dollars en argent liquide. J'avais en plus mes médicaments et une provision d'un mois de pilules pour me pigmenter.

Je sortis et me mis à la recherche de nourriture.

Personne ne faisait attention à moi. La rue était remplie de Noirs. Je flânai en regardant les vitrines. Des boutiquiers blancs avec une clientèle exclusivement noire se tenaient sur leur seuil et nous invitaient à entrer.

« Venez voir — aujourd'hui mes chaussures en réclame. » « Entrez donc une minute — aucune obligation d'acheter. J'aimerais vous faire voir ces nouveaux chapeaux. »

Leurs voix se faisaient insinuantes et leurs sourires mielleux.

C'était le ghetto. Je l'avais connu auparavant lorsque je pouvais, du haut de ma grandeur, y jeter un regard de pitié condescendante. Maintenant j'en faisais partie, je voyais cela sous un angle différent. Au premier coup d'œil la vérité s'étalait. Tout n'était que denrées au rabais, désordre, trottoirs couverts de crachats. Ici les gens se hâtaient vers des escroqueries minables, des affaires véreuses, s'efforçant de trouver des bouts de pain à bon marché ou des tomates trop mûres. Ici régnait l'odeur fétide et indéfinissable de la désolation. Ici la pudeur était un luxe. Les gens luttaient pour cela. Je pus le constater au passage, alors que j'étais en quête de nourriture. Un jeune homme aux cheveux gominés cria des obscénités à une femme plus âgée qui passait sur le trottoir. Elle rit et lui renvoya la balle. Ils entamèrent une querelle. Les passants entendaient, détournaient le regard, serraient les lèvres, s'efforçant de faire comme si de rien n'était. Ici la sensualité était l'évasion, la preuve de virilité pour des êtres qui ne pouvaient l'affirmer d'aucune autre façon. En plein jour les juke-boxes faisaient retentir de la musique de jazz ; l'odeur fraîche de bière, de vin et de corps humains s'échappait de trous noirs vers la lumière. Ici les hanches attiraient l'œil, y allumant une lueur de convoitise ou d'humour. Mieux valait regarder les hanches que le ghetto. Je vis un jeune homme, enfant de Dieu comme les autres, sortir en titubant d'un trou noir, l'œil vitreux, inconscient, s'affaler sur le trottoir et vomir sur ses pieds.

« Ben mon vieux, en voilà un qui ne tient pas le coup », dit quelqu'un.

Le soleil se jouait dans les replis crasseux de son cou suant tandis que sa tête s'affaissait en avant.

« Ça va ? » lui demandai-je en me penchant sur lui.

Il acquiesça mollement.

« Ben oui, merde, il est simplement saoul comme une bourrique, dit quelqu'un. Ça va se tasser. »

Des fumets de cuisine créole m'attirèrent au bistrot du coin. Il était petit, mais d'aspect riant, entièrement peint en bleu ciel. Les tables étaient recouvertes de nappes à carreaux rouges et blancs. J'étais le seul client, en dehors d'un homme accoudé au comptoir qui me salua lorsque j'entrai. Une jeune négresse accorte prit ma commande et me prépara mon petit déjeuner : des œufs, des flocons d'avoine, du pain, du café — quarante-neuf cents — pas de beurre, pas de serviette. L'homme se tourna vers moi et sourit, comme s'il voulait entamer une conversation. Je m'étais fait une règle d'éviter de parler le premier. Il remarqua mes sacs et me demanda si j'étais venu ici chercher du travail. Je répondis par l'affirmative et je m'enquis des possibilités de logement dans un quartier moins sordide.

« C'est affreux, hein ? » Il fit une grimace de dégoût et s'approcha de ma table.

« Vous vivez ici ?

— Ouais. » Il ferma les yeux d'un air las. La lumière qui venait de la porte argentait ses tempes.

« Le Y.M.C.A., sur les Dryades, est à peu près ce qu'il y a de mieux. C'est propre et il y a là une bande de types bien. »

Il me demanda dans quelle branche je travaillais, je lui dis que j'étais écrivain.

Il me confia qu'il allait souvent en autobus jusqu'au quartier résidentiel de la ville où habitaient les Blancs « simplement pour sortir de ce trou. Je vais juste me promener dans les rues et regarder les maisons... à tout prix un peu de décence... une bouffée d'air pur.

— Je sais... », dis-je avec chaleur.

Je lui offris une tasse de café. Il me décrivit la ville et m'indiqua où je pourrais trouver du travail.

« Y a-t-il une église catholique près d'ici ? demandai-je peu après.

— Oui, deux rues plus loin, du côté des Dryades.

— Quel est l'endroit le plus proche où je puisse m'arrêter ?

— Ça dépend, mon vieux, qu'est-ce que vous voulez faire au juste, pisser ou prier ? » Bien que nous parlions à mi-voix, la serveuse entendit et elle alla vite étouffer ses gloussements de rire dans la cuisine.

« Je pense que ça ne peut pas faire de mal d'essayer les deux de temps à autre, répondis-je.

— C'est tellement vrai, dit-il en se tordant de rire. Vous avez raison, monsieur. Ah ! Seigneur, Seigneur... si vous continuez à traîner dans cette ville vous finirez par prier seulement pour trouver un endroit où pisser. Ce n'est pas facile, c'est moi qui vous le dis. Il y a bien certaines boutiques dans les parages, mais on est pratiquement obligé d'acheter quelque chose avant de pouvoir se servir de leur cabinet. Il y en a dans les bistrots, les gares, les terminus d'autobus — et autres endroits de ce genre. A vous de les repérer. Et il n'y en a pas tant que ça à notre disposition. Il vaut mieux ne pas s'éloigner de l'endroit où on habite, si l'on ne veut pas traverser toute la ville à pied pour en trouver un. »

En le quittant je pris un autobus qui allait vers le centre de la ville et je choisis une place vers le milieu. Au fur et à mesure que l'on approchait de Canal, le car se remplissait de Blancs. S'ils ne trouvaient pas de place isolée ou à côté d'un des leurs, ils restaient debout dans le couloir central.

Une femme d'un certain âge, aux cheveux gris et raides, se tenait debout près de moi. Elle avait une robe imprimée, propre mais usée, qui remontait du côté où elle s'accrochait à la courroie pendante. Elle paraissait fatiguée et cela m'était désagréable. Les cahots de l'autobus la faisant chanceler, j'avais honte d'être assis. Je me soulevai à moitié pour lui offrir ma place, mais derrière moi des Noirs me lancèrent des regards désapprobateurs. Je réalisai que j'étais en train de me « dissocier des miens » et je compris immédiatement la lutte sournoise qui mettait perpétuellement aux prises les Noirs et les Blancs. Si les Blancs ne voulaient pas se mettre à nos côtés, qu'ils restent debout. Lorsqu'ils seraient trop fatigués ou mal à l'aise, en fin de compte ils finiraient par s'asseoir à côté de nous et s'apercevraient rapidement qu'ils n'en mourraient pas. Mais leur céder la place, c'était les faire triompher. Je me recroquevillai sous leurs regards fixes et intenses.

Mais mon geste avait attiré l'attention de la femme blanche. Nos regards se croisèrent. J'éprouvais de la sympathie pour elle et j'avais cru en détecter pour moi dans ses yeux. Ce bref échange me fit oublier la différence de race (si nouvelle pour moi) le temps d'un sourire, et esquissant un geste pour lui indiquer la place vide à côté de moi, je lui fis comprendre que je serais content qu'elle la prît.

Ses yeux bleus, si pâles un instant auparavant, se durcirent et elle me lança avec venin : « Pourquoi me regardez-vous comme ça ? »

Je me sentis rougir. D'autres Blancs tendirent le cou pour me voir. Le flot d'hostilité silencieuse me fit peur.

« Je suis désolé, dis-je en regardant fixement mes genoux. Je ne suis pas d'ici. »

Sa jupe virevolta lorsqu'elle se tourna brusquement vers l'avant de l'autobus.

« Ils deviennent plus effrontés tous les jours », affirma-t-elle à haute voix. Une autre femme acquiesça et elles lièrent toutes deux conversation.

Mes entrailles se révulsèrent de honte, car je savais que les Noirs, avec raison, m'en voulaient d'avoir attiré l'attention d'une façon aussi regrettable. Je me tins coi comme je les avais vus faire, apparemment détaché de tout. Petit à petit les gens se désintéressèrent de la question. L'hostilité se transforma en indifférence. La pauvre femme continua ses bavardages avec le regret manifeste de ne plus être le point de mire.

J'appris une chose étrange — qu'au milieu du bruit confus d'une conversation inintelligible, le mot « nègre » ressort avec une clarté éblouissante. On l'entend toujours, et cela blesse toujours. Et automatiquement cela classe la personne qui le prononce parmi les primaires. Si seulement ces deux femmes avaient su quelle étiquette allait leur être épinglée par tous les Noirs de l'autobus, pensai-je, avec un certain amusement, elles eussent été indignées.

Je descendis de l'autobus à Canal Street. Les autres Noirs, contrairement à mon attente, me regardèrent sans irritation, mais plutôt étonnés qu'un des leurs ait pu faire preuve d'une telle bêtise.

Pendant une heure j'errai sans but dans les rues en

bordure du quartier français. Encore et toujours la foule, encore et toujours le soleil. A Derbigny Street je pris une tasse de café dans un petit caboulot de Noirs appelé le « Restaurant des Deux Sœurs ». Sur le mur une grande affiche attira mon attention :

SUPPRIMEZ LA SÉGRÉGATION DANS LES AUTOBUS
EN APPLIQUANT CE PROGRAMME EN 7 POINTS

1 — Demandez des conseils.
2 — Soyez polis et aimables.
3 — Soyez propres et nets.
4 — Évitez de parler fort.
5 — Ne discutez pas.
6 — Signalez immédiatement les incidents.
7 — Rendez le bien pour le mal.

Sous le patronage de l'Interdenominational Ministerial Alliance. Rev. A. L. Davis. Pres. : Rev. J. E. Paindexter, Secretary.

Je me dirigeai vers le cireur de chaussures du quartier français où j'allais lorsque j'étais un homme blanc. Mon ami Sterling Williams était sur le trottoir, assis sur une caisse vide. Il me regarda sans me reconnaître le moins du monde.

« Un petit coup de brosse ?

— Oui, d'accord », fis-je en m'installant.

Il hissa son grand corps sur ses béquilles et avança

en clopinant pour se mettre au travail. J'avais des souliers d'une forme peu courante. Bien des fois il les avait cirés et j'aurais cru qu'il allait les reconnaître à coup sûr.

« Eh bien, encore une belle journée, dit-il.

— Ça, oui. »

Je sentais la brosse aller et venir gaillardement sur le bout de ma chaussure.

« Vous êtes un nouveau venu ici, n'est-ce pas ? »

Je regardai sa nuque. Des petites boucles de cheveux gris ressortaient de dessous sa casquette de marin en toile noire.

« Oui, je ne suis arrivé que depuis quelques jours.

— Il me semblait bien que je ne vous avais pas encore vu dans les parages, dit-il affablement. Vous trouverez La Nouvelle-Orléans un endroit agréable à vivre.

— Ça m'a paru assez bien. Les gens sont polis.

— Oh... certainement. Si on va son petit bonhomme de chemin et qu'on ne se mêle pas de leurs affaires, ils ne vous causeront pas d'ennuis. Je ne parle pas de révérences ou de courbettes — vous voyez ce que je veux dire, simplement montrer que vous avez votre dignité. » Il releva la tête pour me regarder en face et fit un sourire plein de sagesse.

« Je comprends ce que vous voulez dire », assurai-je.

Il avait presque fini de cirer mes souliers avant que je lui demande : « Ces chaussures ne vous rappellent rien ?

— Si, j'ai ciré les mêmes pour un homme blanc.

— Un type qui s'appelait Griffin ?

— C'est ça. » Il se redressa. « Vous le connaissez ?

— C'est moi. »

Stupéfié, il me dévisagea. Je lui rappelai différents sujets de conversation que nous avions eus auparavant. Enfin convaincu, il claqua allégrement ma jambe et laissa retomber sa tête. Il se tordit de rire.

« Ah ! bon sang, ah ! mon salaud... Comment avez-vous pu ? »

Je lui expliquai en quelques mots. Sa grosse figure rayonnait de joie à l'idée de ce que j'avais fait et d'en être informé. Il me jura une discrétion totale et avec enthousiasme se mit à me catéchiser ; mais en sourdine, surveillant tout le temps les abords avec circonspection pour s'assurer que personne ne pût surprendre notre conversation.

Je lui demandai si je pouvais rester avec lui pendant quelques jours pour l'aider à cirer les chaussures. Il me répondit qu'en fait l'emplacement appartenait à son associé qui était à la recherche de cacahuètes pour vendre aux poivrots du quartier. Il faudrait lui demander, mais il était convaincu que ça marcherait. « Mais vous êtes beaucoup trop bien habillé pour un cireur de chaussures. »

Nous nous installâmes sur des caisses à côté de la boutique. Je lui demandai d'avoir l'œil sur moi et de me signaler toutes mes erreurs.

« Vous n'avez qu'à me regarder et écouter comment je parle. Vous pigerez. Dites donc, s'exclama-t-il avec agitation, faut m'arranger ces mains. »

Le soleil se reflétait dans mes poils qui contrastaient avec la peau noire.

Je poussai un gémissement : « Ah ! mon Dieu ! Que faire ?

— Faut raser tout ça, et il étala sa grosse patte pour montrer qu'elle n'était pas poilue. Vous avez un rasoir ?

— Oui.

— Grouillez-vous avant que quelqu'un vous voie. »

Il devint agité et protecteur. « Au bout de cette ruelle là-bas. Vous trouverez un lavabo. Vous pouvez vous y raser immédiatement. »

J'empoignai mon sac pendant qu'il s'assurait avec anxiété que le chemin était libre. L'emplacement du cireur était dans un quartier mal famé, une rue bordée de vieux bâtiments avec des meublés et des bars. J'enfilai la ruelle en hâte et j'aboutis à une cour sombre et grouillante. Quelques Noirs qui ne pouvaient entrer dans le bar réservé aux Blancs prenaient leurs consommations à l'entrée de service. Ils étaient là, debout, ou assis à des tables en bois en train de boire. Je vis un écriteau avec HOMMES et j'étais sur le point d'ouvrir la porte lorsque je fus hélé de différents côtés.

« Hé là ! Vous ne pouvez pas entrer là ! »

Je me tournai vers eux, étonné qu'il y eût des « lieux d'aisances séparés » même dans les cabarets borgnes des quartiers mal famés.

« Où puis-je aller ? demandai-je.

— Là, tout à fait par-derrière », me dit un grand

ivrogne noir, m'indiquant le chemin d'un geste large dont l'ampleur le fit presque basculer.

Je continuai encore quelques mètres et j'entrai dans un édifice en bois. C'était étrangement propre. Je fermai la porte au moyen d'un crochet dont l'efficacité semblait précaire, j'enduisis le dos de mes mains de crème et les rasai en me passant d'eau.

Lorsque je revins, Sterling fit un signe de tête approbateur. Il se détendit et sourit, comme on ferait après avoir conjuré une catastrophe. Toute son attitude de comploteur était magnifiquement exagérée. « Maintenant camarade, plus rien ne cloche en vous, affirma-t-il. Personne ne pourrait supposer la vérité. »

Une curieuse évolution se fit. Très rapidement il se mit à me traiter d'égal à égal, oubliant que j'avais été Blanc. Il commença à employer la forme « nous » et à discuter de « notre situation ». L'illusion de ma « négrification » fut si complète que je me conformai à cette façon de parler et de penser. C'était mon premier aperçu d'intimité. Nous étions des Noirs et notre préoccupation était l'homme blanc et la façon de coexister avec lui : comment conserver notre propre estime et nous élever dans la sienne, sans jamais lui laisser croire qu'il possédait des prérogatives d'essence divine que nous ne possédions pas.

Une belle femme noire entre deux âges, vêtue de blanc, sortit d'une maison à quelques pas de là, vint sur le trottoir et m'observa. Sterling enfonça son coude dans mes côtes. « Vous avez tapé dans l'œil de cette veuve, et il rit. Vous verrez, Elle va trouver un prétexte pour venir ici. »

Je lui demandai qui elle était.

« Elle travaille là, au bar, et je peux vous dire qu'elle est très sympathique. Elle ne tiendra pas en place tant qu'elle ne saura pas qui vous êtes. »

Je commençais à avoir soif et je demandai à Sterling où je pourrais trouver à boire.

« Va falloir être prévoyant maintenant, dit-il. Vous ne pouvez plus agir comme lorsque vous étiez un homme blanc. Vous ne pouvez pas entrer n'importe où et demander à boire ou utiliser les lavabos. Il y a un café pour Noirs au Marché Français à deux rues d'ici. On vous y servira à boire. Le cabinet le plus près c'est celui d'où vous venez. Mais attendez, j'ai de l'eau. »

Il alla derrière son échoppe chercher une grande boîte de conserve munie d'un fil de fer en guise d'anse.

Un peu de cendre flottait sur l'eau. Je soulevai le seau et bus.

« Ha, ha, nous allons recevoir une visite, annonça Sterling. Cette sympathique veuve vient de notre côté. »

Je jetai un coup d'œil. Au-delà du porte-chaussures métallique je la vis se dirigeant vers nous de sa démarche gracieuse. Elle regardait avec attention de l'autre côté de la rue. Elle feignit de m'ignorer et demanda à Sterling s'il avait des cacahuètes à vendre.

« Non, ma jolie. Joe est en train d'en chercher.

C'est difficile à trouver à cette époque de l'année. » Il lui parlait d'un air patelin, comme s'il n'avait pas la moindre idée de la raison qui l'avait amenée ici ; mais tous les trois nous savions qu'il savait et qu'il savait que nous savions. Mais il fallait jouer le jeu. Puis elle se retourna et m'aperçut apparemment pour la première fois. Elle parut étonnée, ensuite enchantée. « Tiens, bonjour ? » dit-elle avec un large sourire éclatant qui éclaira non seulement son visage, mais la rue tout entière. Je la saluai et spontanément lui souris à mon tour, car le rayonnement de son expression me prit au dépourvu. « Bonjour. » Elle me fit un petit salut. « Comme c'est sympathique de vous avoir dans les parages. »

Confus, je saluai à nouveau. « Merci. »

Après une pause embarrassée, noyée dans les sourires, elle prit le chemin du retour.

« Eh bien, nous nous reverrons », me lança-t-elle par-dessus son épaule.

Je regardai Sterling sans rien dire. Il enleva sa casquette et fourragea dans ses cheveux gris, ses yeux pétillant d'un air entendu.

« Je pense que vous avez compris ? Vous lui plaisez. Vous êtes dans de beaux draps. » Il éclata de rire. « Vous ne vous attendiez pas à cela, hein ?

— Certainement pas.

— Ce n'est pas une poule, précisa-t-il. C'est une veuve qui cherche un mari, et vous êtes bien habillé. Elle ne va pas laisser passer une pareille occasion.

— Oh mon Dieu ! ceci n'arrange pas les choses. Dites-lui que je suis déjà marié, voulez-vous ?

— Eh bien, je me demande, et il sourit. Cela risque d'enlever tout le sel de l'histoire. Je crois que je lui dirai simplement que vous êtes un veuf, un prédicateur faisant une tournée en Nouvelle-Orléans. Je sens qu'elle adorerait être la femme d'un prédicateur !

— Écoutez, vous savez très bien que je ne peux pas m'amuser à cela. Elle se trouvera ridicule quand mon équipée sera connue et qu'elle découvrira que je suis un homme blanc. »

Les clients affluèrent — des Blancs, des Noirs et des Latino-Américains. Des touristes cossus se mêlaient aux épaves du quartier. Tout en cirant leurs chaussures, nous leur parlions. Les Blancs, surtout les touristes, s'exprimaient sans réticence et sans pudeur du fait de notre couleur. Il y en avait qui voulaient savoir où trouver des filles, des Noires. Nous apprîmes à les détecter à peine étaient-ils assis, car ils prenaient aussitôt un ton amical et nous traitaient d'égal à égal avec cordialité et politesse. J'en fis la remarque à Sterling.

« Oui, oui, quand ils veulent commettre un péché, ils se mettent à être véritablement démocratiques. »

Bien que tous, il s'en faut, ne dévoilassent pas leurs intentions d'une façon aussi manifeste, tous nous exprimaient leurs sentiments à l'égard des Noirs, car ils pensaient que nous étions tellement dénués de sens moral que rien ne pouvait nous offenser. Cependant ces hommes, jeunes et vieux, étaient moins blessants que ceux qui nous traitaient en robots, comme si nous n'avions pas la moindre étincelle humaine. Lorsqu'ils me payaient, ils me regardaient ainsi qu'une pierre ou un poteau. Ils regardaient mais ne voyaient rien.

Joe, l'associé de Sterling, revint vers deux heures de son expédition cacahuètes. Ma présence lui fut expliquée et il accueillit ma venue avec cordialité. Svelte, d'un certain âge, malgré une apparence juvénile, Joe me donna l'impression d'un homme vif mais facile à vivre. Il se plaignit de la pénurie de cacahuètes. Sterling lui dit que bon nombre de poivrots avaient voulu en acheter et que nous aurions les poches bourrées d'argent si nous avions pu satisfaire à la demande.

Joe se mit à cuire notre déjeuner sur le trottoir. Il prit du papier et le petit-bois d'un cageot d'oranges, les mit dans un récipient de métal et les alluma. Lorsqu'il y eut de la braise, il plaça sur le dessus, en guise de gril, un portemanteau recourbé et y installa un poêlon à réchauffer. Il s'accroupit pour tourner avec une cuiller. On m'annonça que c'était un mélange de raton laveur, de navets et de riz, assaisonné de thym, de laurier et de poivrons. Joe avait fait cuire le tout chez lui la veille et l'avait apporté dans une boîte à lait. Quand ce fut chaud à point, Joe nous donna à chacun une portion sur un morceau de carton. Lui mangea directement dans la poêle. C'était bon, malgré l'odeur de pourriture qui en émanait.

Joe se pencha vers moi et montra avec sa cuiller un homme de l'autre côté de la rue. « Regardez ce poivrot, dit-il, il ne bougera pas de là — il veut un peu de cette nourriture, mais il ne viendra pas avant que je le lui dise. »

Assis sur le trottoir, de l'autre côté de la rue, l'homme nous fixait intensément, s'apprêtant à venir manger dès qu'on lui ferait signe. Ses yeux brillaient dans sa figure noire et ses poings étaient serrés avec force, comme s'il eût été obligé de se maîtriser pour ne pas bondir en avant et se jeter sur la nourriture.

Nous mastiquions lentement pendant que l'homme avait les yeux braqués sur nous. C'était un jeu étrange. Nous qui en étions réduits à manger dans la rue, du fait de la misère de cet homme, nous montions soudain dans la hiérarchie sociale. Nous étions les aristocrates et lui le mendiant. Cela nous flattait. Nous planions au-dessus de lui avec superbe et cette comédie nous donnait l'illusion d'une haute dignité. D'ici peu, la magnanimité des riches allait compléter le tableau. Nous allions donner les reliefs de notre repas aux pauvres.

Nos portions étaient abondantes. Lorsque nous fûmes pleinement rassasiés, nous raclâmes le fond de nos cartons pour verser les restes dans le plat de Joe. L'homme frémissait d'impatience, tandis que Joe sans se presser tapotait la nourriture avec le dos de sa cuiller. Puis, sans regarder le pauvre diable, il lui tendit la poêle. Avec un ton de voix empreint d'une singulière douceur, il dit : « Allons, tête de piaf, viens à la soupe. »

L'homme traversa la rue comme un dard et empoigna le récipient.

« Si une voiture était passée à ce moment-là, il aurait été tué, remarqua Sterling.

— Écoute-moi bien, plein de pinard... Je veux que tu me rendes cette poêle *nettoyée,* compris ? » lui dit Joe.

Son regard rivé sur la nourriture, son visage grimaçant comme s'il allait pleurer, le mendiant fila dans la ruelle sans répondre.

« Il vient ici tous les jours... et c'est tous les jours la même chose, dit Sterling. Je suppose que sans Joe il crèverait de faim. »

Les affaires arrivèrent à un point mort. Nous nous assîmes au soleil sur des caisses, le dos contre le mur, et nous regardâmes la circulation dans le Marché Français. Je scrutai à travers ses carreaux cassés l'intérieur d'un bâtiment abandonné de l'autre côté de la rue. Sterling fit entendre un ronflement sonore et puis s'éveilla avec un bruit étranglé.

Le mendiant rapporta le poêlon, humide encore d'avoir été lavé. Il le tendit à Joe.

« C'est bien, plein de pinard », jeta Joe.

Sans une parole, l'homme repartit à l'aventure.

J'écoutais le feu croisé des échanges désinvoltes et en général obscènes entre Joe et les gens du quartier qui passaient sur le trottoir.

« Hé là, tête de cochon, qu'est-ce qui te presse ?

— J'ai à faire, mon vieux.

— Quel genre d'affaire ? Hé là, où est-ce que je peux trouver des cacahuètes ?

— Pas de cacahuètes nulle part dans la ville. J'en ai cherché partout.

— Moi aussi », déclara Joe.

Nous étions environnés d'odeurs de sueur, de tabac, de café et de pierre mouillée et, brochant sur le tout, celles de poisson et d'eau salée.

Je sentais contre mon dos la chaleur du mur qui me donnait envie de dormir. Noir pour la première fois de ma vie, mon après-midi s'écoulait de manière plutôt satisfaisante.

Un peu plus tard, Joe sortit une Bible de poche de sa chemise kaki, et se plongea dans les psaumes. Ses yeux étaient fermés mais il articulait silencieusement les mots avec ses lèvres. Poussé par l'habitude, à quiconque passait il proposait « un coup de brosse ? » sans quitter la page du regard.

Deux pigeons vinrent s'abattre sur le trottoir à nos pieds. Joe leur jeta des miettes de pain. Pendant qu'ils picoraient, le soleil faisait jaillir un chatoiement irisé de leur cou aux reflets pourprés. Ils furent pour nous une joie profonde, l'antidote contre la rue sordide et grouillante. Joe se leva avec raideur, épousseta son fond de pantalon et alla sans se presser vers le marché. A son retour, il avait un sac plein de têtes de poissons et quelques bananes vertes. Il me dit qu'il avait eu ces têtes pour rien et que nous les mangerions à déjeuner demain — en ratatouille sur des spaghettis. « Ça me paraît appétissant », dis-je, regardant des douzaines d'yeux brillants dans le sac. Nous enveloppâmes dans du papier journal les bananes vertes qu'il avait repêchées dans les poubelles du marché. « Elles seront mûres à point dans deux ou trois jours », annonça-t-il. Vers quatre heures, la rue était dans l'ombre. Les maisons qui nous surplombaient étaient ourlées de rayons de soleil et rapidement le temps se refroidit. Je me décidai à partir à la recherche d'une chambre pour la nuit. Sterling me suggéra d'aller au Y.M.C.A. pour Noirs sur les Dryades, assez loin de l'autre côté de la ville.

« Vous feriez mieux de boire un peu d'eau avant de partir, me conseilla-t-il. Il n'est pas sûr que vous en trouviez d'ici là. » Je soulevai le seau et je vis au fond dans l'eau translucide les cercles couleur de cuivre.

Une brume légère et bleutée flottait au-dessus des rues étroites du quartier français. Une forte odeur de café grillé submergeait toutes les autres. Cet arôme et le décor me faisaient penser au temps où j'allais à l'école en France. C'était comme ce vieux quartier de Tours où tous les après-midi on grillait du café dans les épiceries.

Je débouchai dans Canal Street sur une scène plus moderne, grouillante de vie. Délibérément je demandai mon chemin à un grand nombre d'hommes blancs. Invariablement, ils étaient courtois et serviables.

A Dryades, il y avait moins de Blancs et je vis de plus en plus de Noirs dans la rue. Sur ma droite, je vis une église, son clocher se dressant au-delà d'un pont à circulation intense. Une pancarte indiquait que c'était l'église catholique Saint-Jean-Baptiste, une des plus vieilles églises de La Nouvelle-Orléans. Je gravis les marches et j'ouvris une lourde porte qui, en se refermant derrière moi, étouffa les bruits de la rue. Environné d'un profond silence, je perçus l'odeur suave de l'encens. Dans le chœur, une lumière douce chaudement colorée filtrait à travers de magnifiques vitraux. Très en avant je vis la vague silhouette d'une femme noire faisant le Chemin de Croix. Dispersés çà et là dans le vaste édifice, quelques hommes étaient agenouillés. Devant des statues de saint Joseph et de la Vierge Marie, des cierges à la flamme ténue brûlaient dans des candélabres bleu et rouge. Je m'assis sur un banc, penché en avant, la tête contre le dossier devant moi, les mains reposant sur les genoux. Chez moi, ma femme et mes enfants, à l'abri des ténèbres et du froid, étaient probablement en train de prendre leur bain du soir. Je pensai à la maison emplie de lumière et de bavardages, et je me demandai ce qu'ils allaient avoir pour dîner. Peut-être que déjà la soupe mijotait sur le fourneau, dans la cuisine. Ouvrant les yeux, je regardai mes mains et chaque pore noir, chaque ride noire de cette peau glabre. Comme l'image de ma femme et de mes enfants m'apparut blanche par contraste. Leurs visages, leur chair irradiaient de blancheur, et ils semblaient appartenir à une autre vie, tellement éloignée de moi maintenant que je me sentis dévoré par la solitude. Un chapelet cliqueta contre un des bancs, retentissant dans le silence. Par la fenêtre, la lumière baissa sensiblement et les cierges brillèrent davantage.

Comme j'appréhendais la perspective d'une autre nuit dans un hôtel borgne au cas où je ne trouverais pas de chambre au Y.M.C.A., j'envisageai de me cacher dans l'église et d'y dormir sur l'un des bancs. Cette idée me tenta tellement que je dus faire un grand effort pour la rejeter. Je me levai et sortis dans le crépuscule zébré de traînées lumineuses des automobiles qui roulaient à toute allure dans tous les sens.

Le Y.M.C.A. était bondé, mais le jeune homme de la réception me suggéra une liste de demeures convenables où il y avait des chambres à louer. Aimablement il me proposa de téléphoner pour moi. Pendant que j'attendais, je pris une tasse de café dans le restaurant du Y.M.C.A., un endroit plaisant, moderne, tenu par un homme âgé qui s'exprimait avec élégance et courtoisie. Le jeune homme de la réception vint m'annoncer qu'il avait retenu une chambre pour moi dans une demeure privée juste à côté. Il m'affirma que c'était un endroit agréable et que la propriétaire, veuve, était en tout point digne de confiance.

J'emportai mes bagages chez Mrs. Davis, une femme d'un certain âge, d'une grande gentillesse. Elle me conduisit en haut dans une chambre d'une propreté irréprochable et confortablement meublée. Il fut convenu de mettre une lampe plus forte pour que je puisse travailler. Elle me dit qu'elle avait seulement un autre locataire, quelqu'un de tranquille qui travaillait la nuit et que je ne verrais probablement jamais. Ma chambre était à côté de la cuisine et plus loin était la salle de bains. Je réglai d'avance les trois dollars de location, déballai mes affaires et retournai au restaurant du Y.M.C.A., qui se révéla le lieu de rendez-vous de tous les hommes importants de la ville. Là, je fis la connaissance d'un milieu de gens aisés beaucoup plus cultivés, des hommes plus âgés qui me firent participer à la conversation. Nous nous tenions autour d'un comptoir en forme de fer à cheval et nous buvions du café. Nous parlions exclusivement du « problème » et des prochaines élections. Le patron du restaurant me présenta à un certain nombre de gens dont le Révérend A. L. Davis, et un de ses collègues, Mr. Gayle, libraire, une des personnalités de la ville.

Mon désarroi intérieur s'atténua momentanément. Lorsqu'on s'enquérait de mes occupations, je répondais que j'étais écrivain et que je faisais une étude sur la situation dans les États du Sud. « Eh bien, qu'en pensez-vous ? demanda le Révérend Davis.

— Je viens seulement de commencer, répondis-je. Jusqu'à présent c'est beaucoup mieux que je ne m'y attendais. Les Blancs se sont montrés très polis à mon égard.

— Oh, nous avons fait de grands pas en avant, affirma-t-il. Mais nous devons faire bien mieux encore. Et puis, n'est-ce pas, La Nouvelle-Orléans est beaucoup plus évoluée que n'importe quelle autre région du pays — ou même du Sud.

— Je me demande pourquoi.

— Eh bien, d'une part c'est plus cosmopolite. Et aussi il y a une population catholique étendue. Un homme blanc peut vous manifester de la courtoisie sans avoir l'appréhension d'être qualifié de « philonègre » par un voisin, comme cela se passe dans d'autres régions.

— Quel est, selon vous, notre plus grand problème, Mr. Griffin ? demanda Mr. Gayle.

— Manque de cohésion.

— C'est cela, déclara l'homme assez âgé qui tenait le restaurant. Tant que nous n'aurons pas appris à nous associer comme race, nous n'arriverons à rien. C'est là notre difficulté. Nous luttons les uns contre les autres au lieu de nous unir. Ainsi, par exemple, prenons des Noirs très foncés comme vous, Mr. Griffin, et moi-même, continua-t-il. Pour les nôtres nous sommes de vieux « oncles Tom »[1], quelles que soient notre instruction et nos mœurs. Non, ce qu'il faut c'est presque être un mulâtre, avec des cheveux aplatis, lissés, et ressembler à Rudolph Valentino. Alors les Noirs ont de la considération pour vous. Ils vous trouvent de la *classe*. N'est-ce pas un idéal lamentable ?

— Et les hommes blancs le savent, fit remarquer Mr. Davis.

— Oui, enchaîna le patron. Ils se servent de cela pour flatter quelques-uns d'entre nous, leur affirmer qu'ils sont supérieurs aux autres, différents de la masse. Nous sommes de tels benêts que nous tombons dans le panneau et que nous allons à l'encontre de nos propres intérêts. Voyons, si nous nous donnions moitié autant de mal à présenter notre race

1. Prototype d'esclave noir avant la guerre de Sécession, d'après *La Case de l'oncle Tom,* de Mrs. Beecher-Stowe (*N.d.T.*)

sous un jour favorable que nous nous en donnons à acquérir les bonnes grâces des Blancs qui nous flattent, nous arriverions vraiment à quelque chose. »

Un bel homme âgé arriva et fut présenté sous le nom de J. P. Guillory, agent d'assurances. Après le départ des autres, alors qu'on allait fermer le restaurant, Mr. Guillory me dit qu'il venait souvent au Y.M.C.A. pour jouer aux échecs. Il me demanda de jouer avec lui, mais j'avais du travail à faire.

« Votre nom me semble familier, Mr. Griffin, dit-il. Je suis féru de lecture. J'ai dû lire quelque chose de vous. Pouvez-vous me donner les titres de quelques-uns de vos ouvrages ? »

Je les énumérai. Il eut l'air ébahi.

« Tiens, je viens de commencer ce livre-là. Un de mes amis avocat me l'a prêté. » Il me regarda fixement et je fus convaincu qu'il me prenait ou pour un effroyable menteur qui se targuait d'être l'auteur d'un livre écrit par un Blanc ou alors que je lui faisais une confidence.

« Je vous assure que je l'ai écrit, affirmai-je. Je ne peux pas vous en dire plus, mais lisez le livre, et l'article dans le *Reader's Digest* de septembre dernier et vous saurez qui je suis véritablement. »

Je retournai dans ma chambre et écrivis mon journal. Ma logeuse alluma le feu et m'apporta un cruchon d'eau potable pour la nuit. En levant les yeux pour la remercier, je vis l'image qui se reflétait dans la grande armoire à glace. De la lumière miroitait sur la tête du vieux Noir pendant qu'il regardait la femme à qui il parlait. Je reçus un choc à nouveau ; c'était comme si j'assistais, invisible, à une scène à laquelle je ne participais pas.

Je somnolais lorsque je fus réveillé par le téléphone. J'écoutai la sonnerie persistante mais réalisai ensuite que cela ne pouvait être pour moi. Personne au monde ne savait où je me trouvais. Quelqu'un finit par répondre.

J'entendis des bruits et des rires. Je me levai dans l'obscurité et me dirigeai vers la fenêtre qui donnait sur celles du gymnase du Y.M.C.A. Deux équipes de Noirs jouaient au basket-ball et une foule de spectateurs huaient et acclamaient alternativement leurs favoris. Je m'accoudai à la fenêtre et les regardai jusqu'à ce que je fusse tiraillé par la faim.

Je sortis de la maison pour aller manger quelque chose, et je vis en passant qu'il était 7 h 30 à la pendule de la cuisine. J'allai à pied jusqu'à South Rampart à la recherche d'un café. Après avoir tourné le coin de la rue, je remarquai deux grands garçons blancs vautrés sur les marches d'une maison, de l'autre côté du grand boulevard. L'un d'eux, trapu, musculeux, habillé d'un pantalon kaki et d'un pull-over blanc, siffla après moi. Je feignis de l'ignorer et continuai mon chemin. Du coin de l'œil, je le vis se mettre debout lentement et traverser en oblique pour se mettre sous un réverbère de mon côté de la rue.

« Hé, vieux pelé », appela-t-il doucement.

J'accélérai le pas et regardai droit devant moi.

« Hé, monsieur le déplumé », lança-t-il. Je réalisai qu'il me suivait à une trentaine de mètres. Il parlait d'un air détaché, presque aimable, sa voix claire dans la rue déserte.

« Je t'aurai, monsieur le déplumé. Je suis à tes trousses. Tu trouveras pas d'endroit où je pourrai pas t'attraper. Même si ça prend toute la nuit, je t'aurai. Compte sur moi. »

Je fus saisi d'affolement. J'accélérai le pas, refrénant le désir que j'avais de prendre mes jambes à mon cou. Il était jeune et fort. Si cela se transformait en chasse, il me rattraperait facilement.

Sa voix m'arriva de nouveau, à peu près à la même distance, douce et impitoyable. « Y a pas moyen de m'échapper, monsieur le merdeux. Tu ferais aussi bien de t'arrêter où tu es. »

Je ne répondis pas, je ne me retournai pas. Il me traquait comme un félin traque sa proie.

De temps en temps passait une automobile. Je priais tout bas, espérant qu'une voiture de police viendrait dans cette rue. Je remarquai que ses pas ralentissaient lorsque je ralentissais les miens, lorsque j'accélérais il faisait de même. Je cherchai une porte ouverte, une lumière. Les magasins étaient fermés. Le trottoir, dont chaque interstice était rempli d'herbe, se déroulait devant moi, ponctué par les réverbères. A mon soulagement intense, je vis soudain un couple de gens âgés attendant l'autobus au coin de la rue. Je m'approchai et ils se mirent aussitôt sur la défensive. La nuit, ce quartier n'était pas sûr.

Je me retournai et vis le garçon arrêté à mi-chemin adossé contre le mur.

« Je suis en difficulté », dis-je au couple.

Ils feignirent de m'ignorer.

« Je vous en prie, insistai-je. Je suis poursuivi par quelqu'un. Je ne sais pas ce qu'il veut, mais il dit qu'il m'aura. Y a-t-il un endroit près d'ici d'où je pourrais appeler la police ? »

L'homme regarda à l'entour. « Qui est en train de vous poursuivre, monsieur ? demanda-t-il avec irritation.

— Ce garçon, là-bas... » Je me tournai et j'indiquai la rue qui était vide. Le garçon avait disparu.

L'homme poussa un grognement de désapprobation, comme s'il pensait que j'étais ivre.

J'attendis quelques instants, me disant que je prendrais l'autobus. Puis convaincu que cela n'avait été qu'une plaisanterie, je m'acheminai vers une rue bien éclairée, vers Dryades, où je savais que je serais en sécurité.

Je n'avais pas été loin que j'entendis de nouveau la voix.

« Hé là, merdeux », murmura-t-elle.

La peur et le désespoir s'infiltrèrent en moi avec un goût d'amertume.

« Tu peux rester où tu es, n'importe où ça ira, mon petit vieux. »

Nous continuâmes à marcher en silence, chacun à la même allure.

« Arrête-toi là tout de suite. Y a pas de braves gens dans cette rue pour te cacher derrière, vieux pelé. »

Je cherchai une solution et n'en trouvai point. Ce n'était pas le fait d'être poursuivi qui me terrifiait, mais le caractère implacable, cauchemardesque que cette poursuite revêtait. Je rêvai à ma famille. Que se passerait-il si ce garçon m'assommait — ou pis : il paraissait diabolique. Je m'imaginai un instant la tête que ferait l'agent de police qui, voyant mon corps noir, lirait ma carte d'identité :

JOHN HOWARD GRIFFIN
Mansfield. Texas
Poids : 85 kg
Cheveux : bruns
Race : *Blanche*
Sexe : masculin
Taille : 1,98 m

Penserait-il que j'avais simplement volé les papiers d'un homme blanc ?

« Pourquoi est-ce que tu continues à marcher, puisque je t'ai dit de t'arrêter, petit père ? »

Je compris que je n'échapperais pas à cette brute sans bluffer. J'avais appris le judo très longtemps auparavant. Peut-être que si j'arrivais à attaquer le premier, j'aurais une chance de m'en tirer. Je vis une ruelle faiblement éclairée et je poussai un grondement féroce.

« Vas-y, mon garçon, dis-je sans me retourner. Suis-moi, mon garçon. Je vise cette ruelle là-bas. »

Nous continuâmes à marcher.

« C'est bien, mon garçon, dis-je. Maintenant tu fais exactement ce que je veux. »

Je m'approchai de l'entrée de la ruelle.

« J'entre, mon garçon. Toi, suis-moi.

— Je pige pas, petit père.

— Suis-moi, mon garçon, car je meurs d'envie de te filer une bonne trempe à travers ta sale gueule. » Et je hurlai pratiquement la dernière phrase.

J'entrai dans la ruelle et m'aplatis contre le mur, malade de peur. Je fus assailli par l'odeur pestilentielle d'ordures et d'urine. Tout là-haut, au-dessus de l'ombre noire des maisons, les étoiles scintillaient dans un ciel pur. Je tendis l'oreille pour entendre le bruit de ses pas, prêt à déguerpir au cas où il accepterait le défi.

« Bienheureuse Vierge Marie, m'entendis-je chuchoter, faites disparaître cette canaille », et je me demandai de quelle source intérieure la prière avait jailli spontanément.

Après un temps qui me parut long, je passai ma tête au coin de la ruelle et balayai la rue du regard. Elle se déroulait vide, du réverbère jusqu'au bout.

Je me dépêchai de rejoindre Dryades qui me mena au parvis bien éclairé de l'église catholique où j'avais été l'après-midi. Affalé sur la première marche, j'appuyai ma tête sur mes bras entrecroisés, et j'attendis que mes nerfs s'apaisent. Le gros bourdon du clocher sonna lentement huit heures. J'écoutai tandis que le bruit d'airain se dissolvait en vagues au-dessus des toits du quartier.

Le mot « nègre » s'associait aux vibrations de la cloche et martelait mon cerveau encore et encore.

« *Hé là, Nègre, vous n'avez pas le droit d'entrer là. Hé là, Nègre, vous n'avez pas le droit de boire là. Nous ne voulons pas de clientèle nègre.* »

Et puis les épithètes que ce garçon avait employées : *monsieur le déplumé, vieux pelé, merdeux* (une pareille chose se serait-elle produite si j'avais été blanc ?) Et puis les mots que le docteur avait prononcés hier lorsque j'avais quitté son bureau : *Maintenant, vous tombez dans l'oubli.*

Ce soir, assis sur les marches de l'église, je me demandais s'il savait à quel point il avait dit vrai, combien totalement je me sentais oublié.

Une voiture de police en maraude ralentit au passage. La figure d'un agent, blanche comme de la craie, se tourna vers moi d'un air inquisiteur. Nous nous dévisageâmes pendant que la voiture tournait à droite et disparaissait derrière le misérable presbytère attenant à l'église. J'eus la certitude que la police ferait le tour du pâté de maisons et viendrait contrôler mon identité. Soudain le ciment sur lequel j'étais assis me parut dur. Je me levai et je me rendis rapidement dans un petit restaurant pour Noirs non loin de là. Comme je franchissais le seuil, la femme me cria : « Tout ce qui nous reste, haricots et riz, mon chou.

— C'est parfait. Apportez-m'en une grande platée, dis-je en m'affalant sur une chaise.

— Que diriez-vous d'un peu de bière ?

— Non... auriez-vous du lait ?

— Vous n'aimez pas la bière, mon chou ?

— J'aime bien ça, mais j'ai du diabète.

— Ah... dites, il me reste deux queues de cochon. Les voulez-vous avec les haricots ?

— Oui, s'il vous plaît. »

Elle apporta le plat sur ma table et alla chercher du lait. Bien que dans cette région les Noirs ne vivent apparemment que de haricots et de riz, ce n'est pas un inconvénient. C'est délicieux et nourrissant. Je m'efforçai de manger les queues de cochon, mais, de même que les cous de poulet, il y a surtout de l'os et très peu de chair...

Plus tard, dans ma chambre à coucher, je me déshabillai pour me mettre au lit. A côté, au Y.M.C.A., la partie de basket-ball continuait bruyamment. La grande maison était tranquille, mais j'entendais la télévision qui marchait dans la chambre de Mrs. Davis, de l'autre côté. Les Blancs me paraissaient très loin, là-bas dans leurs quartiers. La distance qui existait entre nous était beaucoup plus grande que les kilomètres qui nous séparaient physiquement. C'était une zone d'ignorance. Je me demandai si cela pouvait véritablement être surmonté.

Les 10-12 novembre.

Deux jours de marche ininterrompue, la plupart du temps à la recherche d'un travail. Je voulais découvrir quel genre d'emploi un Noir instruit, correctement habillé, était susceptible de trouver. Je n'essuyai pas de rebuffades, c'était toujours avec une grande aménité que l'on déclinait mes offres de service comme dactylo, comptable, etc.

Ma vie prit un rythme régulier. Tous les jours, avec le cireur de chaussures, nous retrouvions le même genre de clients ; tous les jours nous faisions la cuisine et mangions sur le trottoir ; tous les jours nous donnions de la nourriture au mendiant et aux pigeons.

La veuve passa nous voir deux jours de suite. Je lui fis savoir avec ménagement que j'étais marié. Sterling me dit qu'elle lui avait posé des questions sur moi, et qu'elle avait l'intention de me demander de venir dîner chez elle dimanche soir. Je passai de moins en moins de temps avec le cireur.

Les Noirs, même ceux que je ne connaissais pas, me manifestaient une courtoisie que l'on ne saurait imaginer. Un soir, je décidai d'aller à un cinéma réservé aux gens de couleur. Je marchai dans Dryades et demandai le chemin à un jeune garçon.

« Si vous m'attendez une minute, je vous montrerai le chemin », dit-il.

Je restai à l'attendre au coin et un instant après il était de retour.

Nous commençâmes à marcher. Il était en première année de sociologie à l'université de Dillard, dans l'espoir « de se rendre un jour utile à notre race ». Le chemin paraissait interminable. Nous avions dû faire au moins trois kilomètres, lorsque je demandai : « Est-ce que vous habitez de ce côté ?

— Non, j'habite là où nous nous sommes rencontrés.

— Mais alors, vous vous trompez de chemin.

— Ça m'est égal. J'aime faire la conversation. » Quand nous atteignîmes le cinéma, il me demanda : « Croyez-vous que vous saurez comment rentrer ?

— Oh oui... facilement.

— Si vous n'en êtes pas sûr, je pourrais savoir à quelle heure finit le grand film et revenir vous chercher. »

Stupéfait qu'il veuille faire à pied tout ce trajet, par politesse envers un inconnu, je proposai de lui acheter un ticket pour la séance et nous aurions pu ensuite retourner ensemble.

« Non, merci, je dois étudier. Mais je reviendrai vous chercher avec plaisir.

— Il n'en est pas question. Au moins, permettez-moi de vous offrir quelque chose. Je vous suis très obligé. »

Il refusa toute forme de rémunération.

Le lendemain matin j'allai au restaurant du Y.M.C.A. voisin prendre des flocons d'avoine et des œufs pour mon petit déjeuner. Le vieux monsieur qui s'occupait du restaurant réussit très rapidement à me faire parler — ou plutôt écouter. Il augurait une aube nouvelle pour la race noire. De grands progrès avaient été accomplis, mais il y en avait encore d'autres à faire. Je le mis au courant de mes vaines tentatives pour trouver un emploi. Il me répondit que cela était un exemple entre autres du régime économique — l'injustice sociale.

« Prenez un jeune garçon blanc. A l'école et à l'université, il est stimulé dans ses études par la perspective de se créer à coup sûr une belle situation dans la profession qu'il aura choisie. Mais est-ce le cas pour un Noir — dans le Sud ? Non, j'en ai connu un grand nombre ayant réussi brillamment leurs examens. Néanmoins, quand ils reviennent chez eux en été pour essayer de gagner un peu d'argent, ils ne trouvent pas d'emploi correspondant à leurs connaissances ou à leurs facultés. Non, ils sont contraints d'accomplir les besognes les plus serviles. Et même lorsqu'ils ont reçu leur diplôme, leur avenir sera jalonné de difficultés. La plupart vont dans les Postes et Télégraphes, ou entrent dans les Ordres ou dans l'Enseignement. *Je parle de l'élite.* Et qu'advient-il des autres, Mr. Griffin ? Quel que soit l'effort fourni par un homme, il sait qu'il n'arrivera jamais à joindre *tout à fait* les deux bouts... Ses impôts et ses dépenses dévoreront ce qu'il gagne et davantage. Il ne voit pas comment il pourrait jamais envisager d'avoir une femme et des enfants. La structure économique ne lui en donne pas la possibilité, à moins qu'il ne soit disposé à vivre misérablement et à ce que sa femme travaille aussi. Cela fait partie du système. Nous ne sommes pas des gens instruits parce que nous n'en avons pas les moyens, ou parce que nous savons qu'avec de l'instruction nous n'aurions pas les mêmes emplois que les Blancs. N'importe quelle vie de famille, n'importe quel niveau de vie convenable, semble exclu au départ. Alors un grand nombre d'entre nous, sans même savoir pourquoi, renoncent purement et simplement. Ils attrapent ce qu'ils peuvent, le plus souvent dans le domaine du plaisir, et ils commettent des actes spectaculaires, insensés ; qu'ont-ils à perdre, en effet, s'ils se tuent dans un accident d'auto, dans une rixe ou quelque chose d'aussi bête ?

— Oui, et c'est cela qui fait dire ensuite aux Blancs que nous ne sommes pas dignes d'être des citoyens à part entière.

— Ah... (Il laissa retomber ses mains, d'un geste profondément découragé.) N'est-ce pas ? Ils nous empêchent de gagner de l'argent, de payer de gros impôts puisque nos revenus sont modiques, et ensuite ils déclarent qu'ils ont le droit de dicter la loi puisqu'ils acquittent la majorité des impôts. C'est un cercle vicieux, Mr. Griffin, et je ne sais pas comment nous en sortirons. Ils nous humilient, puis ils nous reprochent notre condition inférieure et déclarent que nous ne pouvons nous prévaloir d'aucun droit puisque nous sommes déchus. »

D'autres personnes arrivèrent, ils commandèrent un petit déjeuner et se mêlèrent à la conversation.

« Faciliter l'accès à des emplois identiques pour tous, déclara Mr. Gayle. Voilà la solution au drame de notre jeunesse.

— Qu'est-ce qui est nécessaire ? demandai-je. Quelle forme de sagesse arrivera à bout de la propagande féroce des racistes et des gens haineux ? On lit ce poison — et bien souvent le ton employé est compréhensif, bienveillant même. Beaucoup de gens croient sincèrement qu'un Noir, du simple fait qu'il est Noir, ne peut pas fournir la même qualité de travail qu'un Blanc. Ils prétendent, et je l'ai lu récemment, que l'égalité d'instruction et les mêmes emplois aggraveraient notre tragique situation. Rapidement nous aurions la preuve que nous ne sommes pas à la hauteur de notre tâche — et sachant de ce fait que nous sommes de race inférieure, nous perdrions toutes nos illusions.

— Si seulement ces bonnes âmes n'étaient pas si protectrices. J'en connais beaucoup qui seraient prêts à prendre le risque de perdre leurs illusions, dit en riant le propriétaire du restaurant.

— Leurs théories sont périmées depuis près de cinquante ans, affirma un homme âgé. Les sociologues ont démontré que ces conceptions sont erronées. Les gens de notre race se sont affirmés dans tous les domaines — pas seulement une minorité, mais des milliers d'entre nous. Comment les racistes peuvent-ils nier ces preuves ?

— Ils ne prennent pas la peine de les connaître, déclara carrément Mr. Gayle.

— Un changement radical des mœurs est nécessaire, dit le vieux monsieur. Non pas seulement superficiellement, mais en profondeur. Et pour les deux races. Nous avons besoin d'un grand saint — quelqu'un d'un bon sens éclairé. Sans cela nous ne pourrons jamais réfuter les accusations des minorités agissantes — ces racistes, superpatriotes, quelle que soit leur appellation — qui imputent toutes les mesures de justice raciale aux communistes, aux sionistes, aux illuminés, à Satan... partie intégrante d'une conspiration secrète contre la civilisation chrétienne.

— Donc, si vous voulez être un bon chrétien, il ne faut pas agir comme un chrétien le ferait. Ça, au moins, c'est logique, s'exclama Mr. Gayle.

— C'est ce qu'ils prétendent. Lorsque je paierai des impôts, à l'instant où vous m'aurez donné le droit de vote, l'accès à un emploi honorable, une habitation convenable, la possibilité de m'instruire — alors le premier pas vers l'intégration sera accompli et cela fait partie du grand complot secret contre la civilisation — contre l'Amérique.

— Donc, pour être un bon Américain, il faut mettre en pratique un mauvais américanisme. Ça aussi c'est logique, soupira Mr. Gayle. Peut-être qu'après tout nous avons besoin d'un saint pour redresser une telle situation.

— Il est affligeant de constater que les gens sont arrivés au point de ne pas oser agir selon leur conscience de peur d'être complices des communistes, dit le propriétaire du restaurant. Je suis convaincu qu'il y en a beaucoup qui restent en arrière de la main uniquement à cause de cela.

— Quel que soit l'angle sous lequel on le considère, le problème s'impose à nous. Il m'est difficile de comprendre en quoi j'aiderais les ennemis de mon pays si j'avais un travail convenable qui me permettrait d'élever et d'instruire mes enfants dans de meilleures conditions... »

Traversant à pied le ghetto de Dryades, je réalisai que toutes les personnes compétentes à qui j'avais pu parler, grâce au lien rassurant de notre couleur identique, avaient admis la dualité du problème du Noir. D'abord la discrimination que les autres lui font subir. Ensuite celle, encore plus pénible, qu'il s'inflige à lui-même ; le mépris qu'il a pour cette noirceur associée à ses tourments ; son empressement à nuire à ses camarades noirs puisqu'ils font partie de cette noirceur dont il souffre tant.

« Désirez-vous quelque chose, monsieur ? » me demanda un boutiquier blanc devant qui je passais. Je jetai un coup d'œil à l'homme assis sur le seuil de sa boutique d'articles de pacotille. « Entrez donc », dit-il d'un ton enjôleur comme s'il était en train de faire la retape pour les souliers qu'il avait à l'étalage.

Je n'avais pas fait dix pas que je l'entendis solliciter quelqu'un d'autre de la même manière. « Désirez-vous quelque chose, monsieur ?

— Ouais, mais tu n'es pas mon type », répondit désagréablement l'autre homme.

Je pris Charles Street dans le quartier français et me dirigeai vers Brennan's, un des restaurants réputés de La Nouvelle-Orléans. Dans un moment de distraction, je m'arrêtai pour compulser le menu qui était artistiquement mis en évidence dans la devanture. Je lisais, sachant que quelques jours auparavant j'aurais pu entrer et commander tous les plats que j'aurais voulus. Mais maintenant, tout en étant la même personne, avec le même appétit et les mêmes goûts et jusqu'au même portefeuille, aucun pouvoir au monde ne pouvait me faire entrer dans cet endroit et y prendre un repas. Je me souvins d'avoir entendu un Noir dire : « Vous pouvez vivre ici toute votre vie, mais vous n'entrerez jamais dans un des grands restaurants, sauf comme garçon de cuisine. » C'est monnaie courante pour un Noir de rêver de choses dont il n'est séparé que par une porte, sachant qu'il ne les connaîtra jamais.

Je déchiffrai le menu avec attention, oubliant qu'un Noir ne fait pas une chose pareille. C'est trop poignant, comme le petit garçon les yeux écarquillés devant la vitrine d'un confiseur. Cela pourrait impressionner les touristes. Je levai les yeux pour voir les froncements de sourcils désapprobateurs qui peuvent tout exprimer sans que l'on ait besoin de paroles. Les Noirs apprennent à connaître par cœur ce silencieux langage. Grâce au regard désapprobateur et irrité de l'homme blanc, il sait qu'il doit continuer son chemin, qu'il a dépassé la mesure.

C'était un de ces jours où je dispensais les sourires affables et où j'essuyais des refus affables tandis que je renouvelais toujours mes offres de travail.

Je finis par renoncer et j'allai retrouver le cireur de chaussures. A la tombée de la nuit, je partis de là pour retourner à Dryades. Mais j'avais trop marché. Mes jambes se dérobèrent. A Jackson Square, un jardin public, je m'assis sur un long banc pour me reposer quelques instants. Le jardin semblait désert. Mon attention fut attirée par un mouvement derrière les buissons. Je vis de l'autre côté du jardin un homme blanc entre deux âges replier sans se hâter le journal qu'il était en train de lire, se lever et se diriger vers moi. Il était précédé par l'odeur réconfortante de sa pipe. Les racistes ne sont pas des fumeurs de pipe, décidai-je in petto.

Avec une politesse parfaite il me dit : « Vous feriez mieux de trouver un autre endroit pour vous reposer. »

Je pris cela pour un geste de sollicitude. Il me mettait en garde afin que je puisse m'en aller avant d'être insulté par quelqu'un.

« Merci, répondis-je. Je ne savais pas que nous n'étions pas admis ici. »

Par la suite, je racontai l'anecdote au Y.M.C.A. et je découvris que les Noirs avaient le droit de s'asseoir à Jackson Square. Cet individu ne voulait simplement pas que je sois là. Mais sur le moment je l'ignorais. Je partis, épuisé de fatigue, me demandant où pouvait s'asseoir un Noir pour se reposer. Il fallait marcher constamment jusqu'à ce que l'on pût prendre un autobus, mais ne jamais rester en place à moins que cela ne soit justifié par une occupation. Si l'on s'arrête pour s'asseoir sur le trottoir, une voiture de police passera et vous demandera probablement ce que vous faites là. Aucun Noir ne s'est plaint à moi des brimades de la police, mais ils m'ont prévenu qu'elle faisait subir un interrogatoire aux désœuvrés, et surtout aux étrangers. Ceci est une tracasserie, une épreuve que tous les Noirs cherchent indéniablement à éviter.

Je marchai jusqu'à Claiborne et je montai dans le premier autobus qui passa. Il me mena à Dillard

University, qui avait un parc et des terrains de jeu magnifiques. J'étais cependant trop fatigué pour les visiter, et je m'assis sur un banc en attendant de prendre un autre autobus pour retourner en ville. C'était un moyen de locomotion bon marché et une excellente manière de se reposer.

La nuit tombait quand finalement je repris l'autobus en direction de la ville. Deux rues avant Canal, il bifurquait à gauche et quittait Claiborne. Je sonnai afin de descendre au prochain arrêt. Le conducteur arrêta l'autobus et ouvrit la porte. Il la laissa ouverte jusqu'à ce que je l'atteigne. J'étais sur le point de descendre lorsqu'il me la fit claquer au nez. Étant donné qu'il ne pouvait repartir à cause des encombrements de la circulation, je lui demandai de me laisser descendre.

« Je ne peux pas laisser la porte ouverte toute la nuit », dit-il avec impatience.

Il resta sur place encore une bonne minute, mais refusa de l'ouvrir.

« Voudriez-vous, s'il vous plaît, me laisser descendre au prochain arrêt, alors ? » demandai-je en me maîtrisant, soucieux de ne pas faire ou dire quoi que ce fût qui pût compromettre la situation des Noirs dans cette région.

Il ne répondit point. Je retournai m'asseoir. Une femme me regarda avec une sympathie indignée, comme si elle désapprouvait totalement cette façon d'agir, cependant elle ne dit rien.

Je sonnai chaque fois, mais le conducteur brûla les deux arrêts suivants. Il continua huit rues plus loin et s'arrêta seulement parce que des passagers blancs voulaient descendre. Je les suivis jusqu'à la porte. Il m'observa, la main sur le levier de fermeture.

« Puis-je m'en aller maintenant ? demandai-je tranquillement après que les autres furent descendus.

— Ouais, allez-y », dit-il finalement, comme s'il s'était lassé de ce jeu de chat et souris. Je partis, bouleversé, me demandant comment j'arriverais jamais à faire à pied la distance qui me séparait de l'arrêt où j'aurais dû descendre.

En toute impartialité, je dois ajouter que ceci est le seul exemple de cruauté délibérée que j'ai rencontré dans les autobus de la ville de La Nouvelle-Orléans. Bien que je fusse indigné, je savais que cette attitude inadmissible n'était pas dirigée contre moi, mais contre ma peau noire, ma couleur. C'était un acte individuel commis par un individu, et certainement pas un trait caractéristique.

Le 14 novembre.

Après une semaine de ballottages épuisants, la nouveauté de la chose avait passé. Ma première impression vague, favorable, que ce n'était pas aussi mal que je m'y attendais venait de la politesse manifestée aux Noirs par les Blancs de La Nouvelle-Orléans. Mais c'était superficiel. Toutes les manifestations de politesse du monde n'arrivent pas à dissimuler l'impolitesse essentielle et fondamentale que le Noir n'est même pas traité comme un citoyen de deuxième ordre, mais seulement de dixième ordre. Jour après jour, sa condition inférieure s'impose à lui dans sa vie quotidienne. Il ne s'habitue pas à ces choses — les refus polis qu'il essuie lorsqu'il est en quête d'un emploi meilleur ; s'entendre qualifier de nègre, coon, jigaboo ; pouvoir seulement utiliser des toilettes et entrer dans des restaurants déterminés. Chaque nouvelle interdiction touche le point sensible, agrandit la plaie. Je ne fais pas seulement allusion à mes réactions personnelles, mais à celles des autres que j'ai pu constater. La seule chose qui sauve le Noir du désespoir complet est sa conviction, la vieille conviction de ses ancêtres, que ces choses ne lui sont pas destinées personnellement, mais à sa race, à sa pigmentation. Depuis longtemps, sa mère, ou sa tante, ou son professeur l'a soigneusement préparé, et lui a expliqué que comme individu il pouvait vivre avec dignité, même si cela n'était pas possible comme Noir.

« Ce n'est pas parce que vous êtes Pierre ou Paul qu'ils agissent ainsi à votre égard, ils ne savent même pas qui vous êtes. Ils s'attaquent à votre qualité de Noir. »

Mais lorsqu'il subit les conséquences de cet antagonisme, même impersonnel, tel que devoir retenir son urine jusqu'à ce qu'il trouve une vespasienne appropriée, il perd la faculté de raisonner. Il le ressent personnellement et cela le fustige. De ce fait il voit l'homme blanc sous un angle que les Blancs ne peuvent jamais comprendre ; car si le Noir est partie intégrante d'une masse noire, le Blanc est toujours un individu, et sincèrement il affirmera qu'il n'est pas « comme ça », qu'il s'est toujours efforcé d'être juste et bon avec les Noirs. Ce genre d'homme est froissé par leur méfiance. Il ne réalise jamais l'incompréhension des Noirs devant l'attitude des Blancs qui — individuellement — sont corrects et bienveillants, mais en tant que groupe s'ingénient à l'ordonnance d'une vie qui détruit le sens de la valeur personnelle du Noir, porte atteinte à sa dignité humaine et dégrade sa substance même.

La vie devient un effort écrasant, gouvernée par un ventre creux et le besoin quasi désespéré de connaître les plaisirs afin d'oublier la misère, de se perdre dans la sensualité ou la boisson ou la drogue ou la religion du biceps ou la gloutonnerie ou les incohérences artificielles : et en certains cas dans les plaisirs plus élevés de la musique, de l'art, de la littérature, bien qu'habituellement cela augmente la sensibilité au lieu de l'émousser et puisse être intolérable ; un univers bien ordonné, raisonnable, gouverné par la joie leur apparaît, et le contraste avec leur univers en accroît les souffrances.

Quand je sortis ce matin-là, la foule noire paraissait triste et irritée.

Sterling, le cireur de chaussures, ne m'accueillit pas avec sa cordialité habituelle. Ses yeux avaient l'air plus jaunes que d'habitude.

« Tu es au courant ? me demanda-t-il.

— Non... je ne suis au courant de rien... »

Il m'annonça que le jury du Mississippi avait refusé de poursuivre en justice le cas de lynchage Parker. La nouvelle s'était répandue dans le quartier comme une vague corrosive. Tout le monde en parlait. Je n'avais pas vu de nouvelle engendrer une telle amertume et un tel désespoir depuis que j'avais été en Europe lors du Pacte germano-russe de 1939.

Sterling me tendit l'édition du matin du *Louisiana Weekly,* un journal pour Noirs. L'éditorial condamnait la décision du jury.

« S'il y avait le moindre doute sur la façon dont la " justice est rendue dans le Sud ", il a été complètement dissipé... quand le Grand Jury du comté de Pearl River se refusa à prononcer la mise en accusation ou même à examiner la masse de renseignements recueillis par le F.B.I. dans le cas sensationnel de rapt, lynchage, assassinat de Mack Parker... Bien qu'un homme soit innocent tant que le tribunal n'a pas prononcé sa culpabilité, cet axiome a été une fois de plus transgressé de manière flagrante dans l'État du Mississippi. Le fait que l'on n'ait pas accordé un procès équitable à un prévenu, qu'il ait été enlevé de force de prison et assassiné par une bande de lyncheurs n'a manifestement pas eu la moindre influence sur l'opinion du Grand Jury. Cette attitude passive entérine tout simplement la prise en main de la loi par la populace. Depuis longtemps le Mississippi a la réputation de ne pas condamner les hommes blancs accusés d'actes criminels contre les Noirs. C'est de cette façon particulière que cet État rend les Noirs " heureux et satisfaits " des méthodes démocratiques, et révèle à la face du monde le souci qu'il a des Noirs en respectant leurs droits de citoyens américains. »

Le plus choquant était que le F.B.I. avait réuni un dossier de témoignages identifiant les lyncheurs, et que le Grand Jury du comté de Pearl River avait décidé de ne pas en prendre connaissance.

Je rendis le journal à Sterling. Avec une voix grondante de colère il le tint à bout de bras et lut : « La carence délibérée du respect de la loi et de l'ordre a transformé le Mississippi en une véritable jungle régie par les menaces, le terrorisme et la brutalité, où les plus forts sont les seuls à pouvoir survivre. De plus, les États-Unis couverts d'opprobre à la face du monde, cela s'ajoute à l'indignité du Sud où les races ont déjà des rapports tendus, angoissants et explosifs à cause de la suprématie d'une poignée de voyous blancs qui régente un succédané de démocratie... »

Il abaissa le journal. « C'est ça ce qui me donne envie de dégueuler. Ils tempêtent contre le reste du pays qui est contre les Blancs du Sud — bon sang, comment cela serait-il autrement ? Eh bien, voilà la réponse. Voilà ce que l'on peut attendre de la justice des hommes blancs. Quel espoir peut-on avoir quand un jury d'hommes blancs ne *regarde* même pas les témoignages contre les lyncheurs ? »

Je ne trouvai rien à répondre.

« Nous ferions tout aussi bien d'apprendre à ne

rien espérer de la justice du Sud. Ils auront toujours contre nous tous les atouts dans leur manche », déclara Sterling.

Personne, en dehors de la communauté noire, ne pouvait imaginer les conséquences profondes de cette décision qui détruisait leurs espoirs et les démoralisait.

Je décidai que le moment était venu pour moi d'aller dans cet État qu'ils redoutaient tellement.

Joe revint avec des cacahuètes à vendre. Je leur annonçai mon intention d'aller dans le Mississippi. Ils s'élevèrent contre ce projet presque avec colère. « Pourquoi diable veux-tu aller là-bas ? protesta Joe. Ce n'est pas la place d'un Noir — surtout en ce moment avec cette histoire Parker.

— Ils nous traiteront tous comme des chiens, affirma Sterling. Tu ferais mieux de ne pas y aller.

— Cela fait partie de mon travail.

— Moi, je te le dis, insista Joe. Je sais. J'ai été là une fois et je n'avais qu'une envie, c'était d'en sortir le plus vite possible. Et la situation alors n'était pas aussi mauvaise qu'elle est maintenant.

— Oui, mais les Blancs du Mississippi déclarent au reste du monde que leurs rapports avec les Noirs sont merveilleux — qu'il existe une compréhension mutuelle et que la bonne entente règne. Ils disent que les gens de l'extérieur ne peuvent pas comprendre. Je vais donc là-bas pour voir si je puis comprendre.

— C'est ton boulot, observa Joe. Mais je n'aime pas te voir faire ça.

— Tu reviendras nous voir un jour, n'est-ce pas ? demanda Sterling.

— Tu parles », dis-je en m'en allant.

Formule un peu gauche pour prendre congé.

Je commençais à manquer d'argent, je décidai donc d'aller toucher un chèque de voyage avant de partir. Comme c'était un samedi après-midi, les banques étaient fermées, mais avec des chèques de voyage je pensais ne rencontrer aucune difficulté dans n'importe quel grand magasin, en particulier ceux de Dryades où j'avais fait des achats et où j'étais un client connu.

J'allai à Dryades en autobus et je marchai jusqu'à un magasin à prix unique où j'avais fait la plupart de mes emplettes. La jeune vendeuse blanche vint vers moi pour me servir.

« J'ai besoin de toucher un chèque de voyage, dis-je en souriant.

— Nous n'encaissons aucun chèque, répondit-elle avec fermeté.

— mais il n'y a aucun risque avec un chèque de voyage, objectai-je.

— Il se trouve que nous n'encaissons pas de chèques, répéta-t-elle, et elle me tourna le dos.

— Écoutez, vous me connaissez. Vous m'avez déjà servi. J'ai besoin d'argent.

— Vous auriez dû aller à la banque.

— Je ne savais pas que j'aurais besoin d'argent après la fermeture », répondis-je.

Je savais que je me rendais odieux, mais j'avais du mal à croire que cette gentille jeune personne serait aussi distante, d'une telle insolence en apprenant que je n'étais pas venu faire des achats.

« J'aimerais acheter quelques petites choses », ajoutai-je ; elle interpella le service de comptabilité dans une loggia découverte à l'entresol : « Hé là ! Est-ce que nous acceptons les chèques de voyage ?

— Non, lui cria la femme blanche.

— Merci pour votre amabilité », dis-je en partant.

Je fis tous les magasins de Dryades et de Rampart Street les uns après les autres. Partout les visages souriants se fermaient avec hostilité quand ils voyaient que je ne voulais rien acheter mais que je voulais toucher un chèque. Ce n'était pas leur refus — cela je pouvais le comprendre ; c'était leur grossièreté qui était insultante. Je commençais à être désespéré et irrité. Ils auraient accepté sans hésitation le chèque de voyage d'un homme blanc. Chaque fois qu'ils m'opposaient un refus, ils donnaient clairement à entendre que je m'étais probablement procuré ces chèques malhonnêtement et qu'ils ne voulaient pas s'en mêler.

Finalement, après avoir renoncé et décidé de rester sans argent à La Nouvelle-Orléans jusqu'à l'ouverture des banques le lundi, je marchai vers le centre de la ville. A la devanture d'un magasin, mon attention fut attirée par une inscription en petits caractères dorés : LIBRAIRIE CATHOLIQUE. Connaissant la position des catholiques sur le racisme, je me demandai si ce magasin accepterait le chèque d'un Noir. Avec une légère hésitation, j'ouvris la porte et j'entrai. Je m'attendais à une déception.

« Accepteriez-vous de me rembourser en argent liquide un chèque de voyage de vingt dollars ? demandai-je à la propriétaire.

— Bien sûr », dit-elle sans hésiter, comme si c'était la chose la plus naturelle du monde. Elle ne m'examina même pas.

J'étais tellement reconnaissant que j'achetai un certain nombre de livres bon marché — des ouvrages de Maritain, de Thomas d'Aquin et de Christopher Dawson. Je les mis dans mes poches et je me dépêchai vers la station des autocars Greyhound.

Dans le hall de la gare des autocars, je cherchai une pancarte indiquant une salle d'attente pour Noirs, mais je n'en vis pas. J'allai au guichet. Lorsque la dame qui vendait les billets me vit, son visage, qui autrement était plaisant, se figea en une expression violemment hostile. Son attitude gratuite était si inattendue que j'en restai déconcerté.

« Que voulez-vous ? » dit-elle d'un ton sec.

En ayant soin de prendre un ton de voix poli, je lui demandai des renseignements sur les départs des autocars pour Hattiesburg.

Elle me répondit grossièrement en me lançant un regard chargé d'une telle aversion que je reconnus ce que les Noirs appellent « l'œil haineux ». C'était la première fois qu'il m'était décoché. Il est beaucoup plus venimeux que le regard de désapprobation auquel on est exposé de temps à autre. Celui-là était chargé d'une haine tellement intense que si je n'avais pas été surpris, j'aurais été amusé.

Intérieurement je disais : « Excusez-moi, mais ai-je fait quelque chose qui vous choque ? » Mais je réalisais que je n'avais rien fait — c'était ma couleur qui la choquait.

« Je voudrais un aller simple pour Hattiesburg, s'il vous plaît, dis-je en mettant un billet de dix dollars sur la tablette du guichet.

— Je n'ai pas la monnaie », dit-elle brusquement et elle se détourna comme si la cause était entendue. Je restai devant le guichet, avec un étrange sentiment d'abandon, mais ne sachant que faire d'autre. Après un instant elle revint à la charge, le visage congestionné, et me cria presque : « Je vous l'ai dit, je n'ai pas la monnaie.

— Certainement, dis-je obstinément, il doit y avoir moyen de trouver la monnaie d'un billet de dix dollars dans toute l'organisation Greyhound. Peut-être que le chef de service... »

Elle m'arracha le billet des mains avec fureur et s'éloigna du guichet. Elle réapparut un instant après et me flanqua la monnaie et le ticket avec tant de force qu'il en tomba une partie sur le sol à mes pieds. J'étais véritablement sidéré par l'intensité de la fureur qui la possédait chaque fois qu'elle me regardait. Son attitude était tellement venimeuse que j'avais pitié d'elle. Cela dut se voir sur mon visage, car elle devint apoplectique. Indéniablement, qu'un Noir osât éprouver de la pitié pour elle lui semblait une insolence suprême.

Je me baissai pour ramasser ma monnaie et mon ticket. Je me demandai ce qu'elle éprouverait si elle apprenait que le Noir devant qui elle s'était conduite avec tant de vulgarité était habituellement un homme blanc.

Ayant une heure devant moi avant le départ de l'autocar, je m'en allai à la recherche d'un endroit pour m'asseoir. La grande, belle salle était pratiquement vide. Il n'y avait pas d'autre Noir et je n'osai pas prendre un siège avant d'en avoir un déjà assis.

Une fois de plus un « œil haineux » attira mon attention comme un aimant. Il émanait d'un homme blanc entre deux âges, à carrure lourde, bien habillé. Il était assis à quelques mètres de moi, me fixant du regard. Il est impossible de décrire l'horreur glacée que l'on ressent. On est perdu, écœuré par l'aveu de tant de haine, pas tellement parce que c'est une menace mais parce que cela montre les êtres humains sous un jour si inhumain. On voit une sorte de démence, quelque chose de si indécent que l'indécence en soi (plus que la menace qu'elle contient) est terrifiante. C'était si nouveau pour moi que je n'arrivais pas à quitter des yeux le visage de l'homme. J'avais envie de lui dire : « Au nom du Ciel, qu'est-ce que vous êtes en train de vous faire ? »

Un porteur noir s'approcha de moi. Je vis sa casaque blanche et me tournai vers lui. Son regard croisa le mien et nous échangeâmes la douleur, la compréhension.

« Où est-ce que je suis censé aller ? » lui demandai-je.

Il me toucha le bras de cette manière silencieuse et réconfortante des hommes qui s'associent dans un moment de crise. « Sortez et allez au coin du bâtiment. Vous trouverez l'endroit. »

L'homme blanc continuait à me fixer, sa bouche tordue de dégoût, tout en tournant la tête pour me voir partir.

Dans la salle d'attente pour Noirs, qui n'était pas désignée sous ce nom mais sous celui de « Café pour gens de couleur », probablement en vertu d'un règlement entre États, je pris le dernier siège inoccupé. Il n'y avait là que des visages mornes, fermés à toutes les espérances, des visages d'hommes qui patientaient.

Les livres que j'avais achetés à la librairie catholique pesaient lourdement dans mes poches. J'en pris un et, sans regarder le titre, je l'ouvris au hasard. Je lus :

« ... *C'est par la justice que l'on peut mesurer authentiquement la valeur ou la nullité de l'homme... l'absence de justice est l'absence de ce qui le fait homme* » (Platon).

J'avais déjà vu cela exprimé sous la forme d'un dicton : « *Celui qui est moins que juste, est moins qu'un homme.* »

Je recopiai le passage dans un carnet. Une femme noire, à l'expression vide, luisante de sueur, me regardait écrire. Lorsque je me retournai sur mon siège pour remettre le carnet dans ma poche-revolver, je surpris sur ses lèvres l'esquisse d'un sourire en coin.

L'autocar était en partance. Nous nous alignâmes dans le garage à haute toiture, les Noirs en queue, les

Blancs en tête. Les moteurs des autocars tournaient au ralenti et répandaient une odeur suffocante par le tuyau d'échappement. Un officier se hâta vers le dernier rang des Blancs. Je me reculai pour lui laisser la place devant moi. Il refusa et se mit au bout de la ligne des Noirs. Chaque Noir se haussa pour voir ce phénomène. On m'a dit que les militaires, et spécialement les officiers, font rarement preuve de préjugés raciaux, peut-être à cause de l'intégration des forces armées.

Nous étions dans un bain de sueur et j'étais sur le point de renoncer à cet autocar pour en prendre un plus tard lorsqu'on nous donna la permission de monter. Bien que la ségrégation ne soit pas expressément autorisée dans les autocars entre États, il n'y a pas un Noir allant dans le Mississippi assez étourdi pour s'asseoir ailleurs qu'au fond. J'occupais une place pas très loin de l'arrière. Un murmure de conversation s'éleva autour de moi.

« Eh bien, nous voilà en route pour le Mississippi — l'État le plus calomnié de l'Union — ça, c'est ce qu'ils prétendent », déclara un homme derrière moi.

« C'est la vérité, vous savez, dit quelqu'un d'autre. Seulement c'est le Mississippi qui lance toutes les calomnies. »

Nous traversâmes La Nouvelle-Orléans sous un ciel couvert. L'air conditionné dans le car nous rafraîchit agréablement. En passant sur le pont, l'eau du lac Pontchartrain reflétait la teinte blême du ciel, et sa surface agitée était frangée d'écume.

L'autocar s'arrêta dans les faubourgs de la ville

pour prendre d'autres voyageurs. Il y avait parmi eux un homme noir d'un aspect saisissant, grand, mince, habillé avec recherche — le type « Valentino ». Il avait une moustache et une barbe soignée à la Van Dyck. Il se dirigea vers l'arrière en jetant aux Blancs un regard servile, presque affectueux. Son expression devint méprisante lorsqu'il nous regarda.

Il s'assit en biais à une place libre de l'autre côté du couloir central et se mit à haranguer deux Noirs — des frères — derrière lui. « Ça cocotte ici. Sales têtes de lard de Nègres. Regardez-les tous — un tas de merdeux — savent pas comment s'habiller. Vous ne méritez rien d'autre. *Mein Kampf!* Parlez-vous allemand? Non. Vous êtes tellement ignorants. Vous m'écœurez. » Et il continua à lancer des invectives venimeuses contre sa race. Il savait des bribes de français, d'espagnol et de japonais.

Je tournai la tête vers la fenêtre et je contemplai le paysage qui défilait tandis que nous traversions une région ensoleillée. Je ne voulais pas être engagé dans une discussion avec cet homme étrange. Il fut bientôt engagé dans une violente querelle avec un des deux frères. Ils en arrivèrent à se déchaîner sans se mettre d'accord pour savoir si Juarez se trouvait dans Old Mexico ou New Mexico.

Le dandy cria : « On ne peut pas raconter de bobards à Christophe. Christophe est intelligent. Ce n'est pas une face de rat ignare comme toi qui peut m'avoir. Tu n'as jamais été à Juarez ! »

Il sauta brusquement sur ses pieds. Craignant une scène violente, je me tournai vers lui. Il était en arrêt, prêt à se battre, ses yeux réduits à deux fentes haineuses.

« Si tu me cognes dessus, tu auras tort », dit le Noir pauvrement vêtu en regardant Christophe sans s'émouvoir. Son compagnon ajouta avec un sourire paisible : « C'est mon frère. Je serai obligé de prendre son parti.

— C'est une menace ? chuchota Christophe.

— Non, écoutez, temporisa le frère. Pourquoi ne vous mettez-vous pas tous les deux d'accord pour ne pas vous parler ?

— Il ne m'adressa plus la parole ? C'est promis ? » dit Christophe. Il desserra les poings, mais sa figure ne se détendit pas.

« Non, il ne le fera pas, n'est-ce pas ? »

L'homme pauvrement vêtu haussa les épaules avec bonne humeur. « Je le suppose...

— Tais-toi ! Tais-toi ! lui jeta Christophe.

— O.K... O.K... » dit-il en me jetant un coup d'œil comme s'il voulait me prendre à témoin de la folie de l'élégant Christophe.

Christophe le fixa quelque temps avec des yeux menaçants avant de s'installer à côté de moi. Son voisinage me porta sur les nerfs. Il était rusé et semblait méchant, et je ne savais pas quel genre de scène il pouvait provoquer. Je regardai par la fenêtre de façon à ne lui présenter que ma nuque. Il s'enfonça profondément dans le siège et, agitant frénétiquement ses mains en l'air comme s'il jouait de la guitare, il se mit à chanter des « blues », doucement, mélancoliquement, en baissant la voix aux passages obscènes. Une étrange odeur sucrée émanait de lui. Je pensais que c'était de la marijuana, mais ce n'était qu'une supposition. Je sentis qu'il enfonçait son coude dans mes côtes. « Qu'est-ce que tu penses de ça, grand-père ? » Je fis un petit signe de la tête, m'efforçant d'être à la fois poli et réservé. Il avait rabattu son chapeau sur ses yeux. Il alluma une cigarette qu'il laissa collée à ses lèvres. Je me retournai vers la fenêtre avec l'espoir qu'il me laisserait tranquille.

Il me donna à nouveau un coup de coude et je me tournai vers lui. Il mit sa tête très en arrière afin de m'observer de dessous son chapeau. « Tu piges pas les blues, n'est-ce pas, mon petit vieux ?

— Je ne sais pas », répondis-je.

Il me scruta avec attention. Puis, comme s'il avait trouvé une réponse, il m'adressa un sourire éclatant, s'appuya lourdement contre moi et me chuchota : « Je parie que ceci tu vas le comprendre, mon petit vieux. » Il repoussa son chapeau en arrière, se concentra, tendit ses mains les paumes en dehors en un geste de supplication et se mit à chanter doucement *Tantum ergo sacramentum, Veneremur cernui* dans le plus beau latin que j'aie jamais entendu. Sidéré, je le regardai tandis qu'il psalmodiait en plain-chant les versets du célèbre texte sacré. Il m'observait avec une expression attendrie comme s'il était au bord des larmes.

« Je t'ai eu là, n'est-ce pas, mon petit vieux ?

— Oui », répondis-je.

Il fit un grand signe de croix, pencha la tête et

récita le *Confiteor,* en latin également, avec une diction parfaite. Lorsqu'il eut fini, il demeura tranquille, profondément recueilli. Le ronronnement des roues de l'autocar se fondait dans le silence qui planait. Personne ne parlait. Sans doute ceux qui étaient le plus près de nous étaient troublés par l'étrange scène dont ils avaient été témoins.

« Vous avez été enfant de chœur, je suppose, dis-je.

— Oui, répondit-il sans lever la tête. Je voulais devenir prêtre. » Sa physionomie mobile laissait voir toutes ses émotions. Ses yeux s'assombrirent de regrets.

L'homme de l'autre côté du couloir ricana :

« Il vaut mieux ne rien croire de ce qu'il vous dit. »

Le beau visage de Christophe instantanément se figea de haine.

« Je t'ai dit de ne pas me parler. »

Le frère s'interposa. « Il a simplement oublié. » Et s'adressant à l'homme mal habillé : « Ne lui dis *rien.* Il ne peut pas te supporter.

— Je parlais à l'autre type, celui avec les lunettes noires, dit-il.

— La ferme ! hurla Christophe. Tu parlais de moi, je ne veux même pas que tu fasses cela.

— Quoi que tu dises, il sera furieux contre toi.

— Nom de Dieu, on est dans une saloperie de pays libre, répondit l'autre mollement, sans cesser de sourire. Je n'ai pas peur de lui.

— Eh bien ça va, tais-toi. Tu n'as pas besoin de lui parler, supplia son frère.

— Fais-le tenir tranquille, sinon... » dit Christophe avec arrogance.

Mon estomac se tordit d'inquiétude, convaincu que j'étais qu'une bataille allait éclater. A mon étonnement, Christophe coula son regard vers moi et me fit un clin d'œil comme s'il était secrètement amusé. Il foudroya son « ennemi » du regard pendant quelques instants avant de se retourner de mon côté. « Je suis venu m'asseoir près de vous parce que vous semblez être le seul ici avec assez de jugement pour soutenir une conversation intelligente.

— Merci, répondis-je.

— Je ne suis pas un Noir de race pure, annonça-t-il avec fierté. Ma mère était Française, mon père Indien.

— Je vois...

— Elle était Portugaise, ma mère — une femme ravissante, soupira Christophe.

— Je vois... »

L'homme de l'autre côté du couloir fit un large sourire devant le mensonge évident de Christophe. Je lui fis un signe d'avertissement et il ne contesta pas les origines franco-lusitano-indiennes de notre ami.

« Voyons, enchaîna Christophe, en me scrutant d'un air spéculatif. Quel sang coule dans vos veines ? Donnez-moi une minute. Christophe ne se trompe jamais. Je peux toujours dire quel genre de sang a un homme. » Il prit ma figure entre ses mains et m'examina de près. J'attendis, convaincu que cet homme étrange allait me démasquer. Enfin il fit gravement un signe de la tête pour indiquer qu'il avait détecté mes origines. « J'y suis, maintenant. » Ses yeux brillèrent et il hésita avant de faire son annonce dramatique au monde. Je me repliai craintivement, élaborant une explication, et puis décidai d'essayer de l'empêcher de dévoiler mon personnage.

« Attendez, laissez-moi... »

Il m'interrompit : « Florida Navaho, s'exclama-t-il triomphalement. Votre mère était à moitié Florida Navaho, n'est-ce pas ? »

J'avais envie de rire, d'abord de soulagement, et ensuite de la transformation de ma hollando-irlandaise de mère en quelque chose d'aussi exotique que Florida Navaho. En même temps j'étais un peu déçu que Christophe ne fût pas plus malin que nous.

Il attendit ma réponse.

« Vous êtes très perspicace, m'étonnai-je.

— Ah ! je tombe toujours juste. » Instantanément sa figure devint méchante. « Je nous déteste, mon Père.

— Je ne suis pas un Père.

— Ah ! vous ne pouvez pas berner Christophe. Je sais que vous êtes un prêtre bien que vous portiez des vêtements civils. Regardez toutes ces faces de rat, mon Père. Ces bâtards imbéciles et ignorants. Ils sont inconscients. Moi je quitte ce pays. »

Sa colère s'évanouit. Il se pencha à mon oreille et me murmura d'une voix soudain misérable : « Je vais vous dire la vérité, mon Père. Je sors de taule

— quatre ans. Je vais retrouver ma femme. Elle m'attend à Slidell avec une nouvelle voiture pour moi. Oh mon Dieu... Quel retour ça va être ! »

Il s'effondra, sa tête sur ma poitrine. Il pleura en silence.

« Ne pleurez pas, murmurai-je. Tout va bien. Ne pleurez pas. »

Il redressa la tête et, déchiré de souffrance, leva les yeux au ciel. Son visage baigné de larmes, toute son agressivité tombée, il me demanda : « Un jour, mon Père, voudriez-vous dire votre messe pour Christophe ?

— Vous avez tort de me prendre pour un prêtre, répondis-je. Mais je me souviendrai de vous dans mes prières la prochaine fois que j'assisterai à la messe.

— Ah ! c'est la seule forme de paix, soupira-t-il. C'est la paix dont mon âme a la nostalgie. Si seulement je pouvais y retourner, mais cela n'est pas possible — je n'ai pas été dans une église depuis dix-sept ans.

— Vous pouvez toujours y revenir.

— Non, lança-t-il avec impatience. Je dois tuer deux types. »

Je laissai probablement percer ma surprise. Un sourire d'allégresse illumina son visage.

« T'en fais pas, mon petit vieux. J'aurai l'œil ouvert. Pourquoi est-ce que tu ne viendrais pas avec moi faire une petite tuerie dans cette ville ? »

Je lui dis que ce n'était pas possible. L'autocar ralentit en arrivant à Slidell. Christophe se leva, rajusta sa cravate, lança un regard furibond à l'homme du côté opposé, me salua et descendit. Nous fûmes soulagés de le voir partir. Et pourtant je ne pouvais m'empêcher de m'imaginer sa vie s'il n'avait pas été déchiré par sa condition de Noir.

A Slidell nous fûmes transférés dans un autre autocar Greyhound avec un nouveau conducteur — un homme entre deux âges, avec un gros ventre, et des joues grasses sillonnées de veinules rouges.

Un jeune Noir trapu, qui se présenta sous le nom de Bill Williams, me demanda s'il pouvait s'asseoir à côté de moi.

Avec le départ de Christophe, la tension s'était dissipée dans notre coin. Tout le monde savait, d'après ma conversation, que je n'étais pas de cette région. Nous échangeâmes des propos amènes dans une ambiance de cordialité.

« Les gens qui viennent ici déclarent que le Mississippi est le pire endroit du monde, dit Bill. Mais nous ne pouvons pas tous vivre dans le Nord.

— Bien sûr que non. Et cela me paraît un pays magnifique », dis-je en regardant les pins géants par la fenêtre.

Comme il voyait que j'étais bienveillant, il me donna des conseils. « Si vous ne connaissez pas le Mississippi, il faudra vous surveiller constamment jusqu'à ce que vous soyez adapté », dit-il.

Les autres entendant cela opinèrent. Je lui dis

que j'ignorais ce à quoi je devais prendre garde.

« Eh bien, sachez qu'il ne faut même pas regarder une femme blanche. A vrai dire, il faut regarder par terre ou détourner la tête. »

Une grosse femme noire, sympathique, me sourit de l'autre côté du couloir.

« C'est un sujet très épineux ici. Vous-même vous pouvez ignorer que vous regardez dans la direction d'une femme blanche, mais eux n'hésiteront pas à prendre ce prétexte pour créer un incident », m'expliqua-t-elle.

« Si vous passez devant un cinéma et qu'il y ait dehors des affiches représentant des femmes, ne les regardez pas non plus.

— C'est à ce point-là ? »

Il m'affirma que oui. Un autre homme dit :

« Vous pouvez être sûr qu'il y aura quelqu'un pour vous dire : Hé, mon garçon — pourquoi regardez-vous cette femme blanche comme *cela* ? »

Je me souvins de la femme de l'autobus de La Nouvelle-Orléans qui m'avait parlé à peu près de cette façon.

« Et vous êtes bien habillé, continua Bill, sa grosse figure noire absorbée par l'effort de concentration. Si vous passez près d'une ruelle, éloignez-vous et marchez au milieu de la rue. Il y a ici beaucoup de gens, blancs et noirs, qui vous assommeraient s'ils pensaient que vous avez de l'argent. Si des garçons blancs vous crient après, continuez simplement à marcher. Ne les laissez pas vous arrêter et commencer à vous poser des questions. »

Je lui dis que ses conseils m'étaient précieux.

« Est-ce que vous voyez quelque chose de plus ? demanda-t-il aux autres.

— Je crois que vous avez à peu près fait le tour de la question », dit l'un d'eux.

Je le remerciai de m'avoir mis en garde.

« Eh bien, si j'allais dans vos régions, j'aimerais que quelqu'un m'explique », dit Bill.

Il m'apprit qu'il était conducteur de camion, et qu'il travaillait en dehors de Hattiesburg. Il avait fait un transport à La Nouvelle-Orléans où il avait laissé son camion pour des réparations et il avait pris l'autocar pour revenir à Hattiesburg. Il me demanda si j'avais prévu un logement. Je lui répondis non. « La meilleure chose à faire, me dit-il, serait d'entrer en rapport avec une certaine personne importante qui elle-même vous ferait connaître quelqu'un de toute confiance qui, à son tour, vous trouverait un endroit convenable et sûr. »

Il était tard dans la soirée lorsque le car s'arrêta dans une petite ville. « Nous en avons à peu près pour dix minutes ici, dit Bill. Descendons nous dérouiller les jambes. Et il y a des toilettes, si vous avez besoin d'y aller. »

Le conducteur se leva et s'adressant aux passagers, il annonça : « Dix minutes d'arrêt. »

Les Blancs s'en allèrent tranquillement. Bill et moi-même nous dirigeâmes, avec les autres Noirs, vers la porte. Dès que le conducteur nous vit, il nous barra le chemin. Bill se glissa sous son bras et marcha vers un bâtiment mal éclairé.

« Hé, mon garçon, où allez-vous ? cria le conducteur à Bill, tout en gardant ses bras étendus au travers de la porte pour m'empêcher de descendre. « Hé là, vous, mon garçon, je vous parle. » Sans se dépêcher, Bill continua à marcher en faisant crisser le gravier sous ses pas.

Je restai debout sur la dernière marche. Le conducteur se tourna vers moi.

« Qu'est-ce que vous croyez que vous allez faire ? » demanda-t-il, ses grosses joues frémissantes.

« Je voudrais aller aux toilettes. » Je souris et m'apprêtai à descendre.

Il resserra son étreinte sur les poignées des portières et se carra dans l'embrasure de la porte pour me bloquer le chemin. « Est-ce que c'est indiqué sur votre ticket de descendre ici ? » me demanda-t-il.

« Non, monsieur, mais les autres...

— Alors faites demi-tour, allez vous asseoir et ne bougez pas jusqu'à Hattiesburg, ordonna-t-il.

— Vous voulez dire que je ne dois pas aller au...

— Je veux dire faites demi-tour comme je vous l'ai commandé, dit-il en élevant la voix. Je ne veux pas avoir à courir après vous tous au moment du départ.

— Vous avez annoncé un arrêt. Les Blancs sont tous descendus », insistai-je, n'arrivant pas à croire qu'il avait réellement l'intention de nous empêcher d'aller aux toilettes.

Il se mit sur la pointe des pieds et colla son visage contre le mien. Ses narines se dilatèrent. Des rayons de lumière se jouèrent dans les poils de son nez. Il parla lentement sur un ton menaçant : « Est-ce que vous cherchez une discussion ?

— Non, monsieur... soupirai-je.

— Alors faites ce que je vous dis. »

Nous fîmes demi-tour comme un petit troupeau de bestiaux et nous regagnâmes nos places. Les autres se plaignirent de cette injustice. La grosse femme s'excusait, comme si ça la gênait qu'on lavât le linge sale du Mississippi devant un étranger.

« Rien ne l'oblige à agir de cette manière, dit-elle. D'habitude on nous laisse descendre. »

Je m'assis dans l'ombre monochrome du crépuscule. J'avais du mal à croire qu'un homme pouvait, à notre époque de liberté, refuser à quelqu'un de satisfaire aux nécessités fondamentales, comme se désaltérer ou aller aux toilettes. On ne se sentait pas aux États-Unis ici. On se serait plutôt cru en un pays étranger enrobé de laideur. Une tension flottait dans l'air, une menace permanente, même si l'on n'arrivait pas à la toucher du doigt.

« Eh bien, si je ne peux pas aller là-bas, j'irai ici », annonça un homme tranquillement mais fermement. Je ne vais pas rester assis et éclater. »

Je me retournai et je constatai que c'était le même homme habillé misérablement qui avait mis Christophe hors de ses gonds. Il s'accroupit à moitié derrière la dernière place où il urina par terre avec fracas. Un murmure imperceptible d'approbation s'éleva — de petits rires, des raclements de gorge, des chuchotements.

« Pourquoi ne ferions-nous pas tous la même chose ? demanda un homme.

— Oui, inondons cet autocar et noyons toute cette sacrée bêtise. »

L'amertume se dissipa à la perspective de donner ce qu'ils méritaient au car et à son conducteur. Le mouvement était en marche, mais il fut freiné par une autre voix.

« Non, ne faisons pas cela. Ça ne ferait qu'ajouter aux griefs qu'ils ont contre nous », dit un homme âgé. Une femme l'approuva. Tous, nous nous imaginâmes ce qui se passerait. Les Blancs nous accuseraient d'être indécrottables ; ils prétendraient que les Noirs ne sont même pas capables d'utiliser les toilettes, qu'ils font leurs besoins à même le plancher des autocars ; naturellement sans préciser que le conducteur ne nous avait pas laissés descendre. Sa voix brutale attira notre attention.

« Vous ne m'avez pas entendu vous appeler ? demanda-t-il à Bill qui regrimpait les marches.

— Non, je vous assure, répondit Bill aimablement.

— Vous êtes sourd ?

— Non, monsieur.

— Vous voulez soutenir que vous ne m'avez pas entendu vous appeler ?

— Oh ! c'était moi que vous appeliez ? demanda Bill d'un air innocent. Je vous ai entendu crier

“ garçon ”, mais ce n’est pas mon nom, alors je n’avais pas compris que vous vous adressiez à moi. »

Entouré de l’approbation des Noirs, Bill revint s’asseoir à côté de moi. Dans une lutte aussi implacable, un tel acte de défi en faisait un héros.

Au fur et à mesure que nous pénétrions plus au cœur du Mississippi, je remarquai que les Noirs se rapprochaient les uns des autres pour trouver et donner un appui. Tandis qu’à La Nouvelle-Orléans ils ne font pas très attention les uns aux autres, dans le Mississippi, à chaque arrêt, tous ceux qui montaient dans l’autocar avaient un sourire et un salut pour tout le monde. Nous éprouvions le besoin impérieux d’établir un contact amical afin de nous protéger contre une menace invisible. Comme des naufragés, nous nous serrions les uns contre les autres pour trouver une chaleur et une politesse qui étaient émouvantes et pathétiques.

Tandis que nous nous rapprochions du centre de l’État, la menace augmentait. La distance entre Noirs et Blancs s’accroissait d’une manière tangible, bien que nous ne pussions voir que par-derrière leurs têtes et leurs épaules, leurs chapeaux et les volutes de leurs cigarettes qui flottaient dans la nuit tombante tandis que s’allumaient les lumières de l’autocar. Ils ne disaient rien, ne se retournaient pas, mais l’hostilité émanait d’eux d’une façon évidente.

Nous essayions de compenser cette hostilité en nous manifestant de la chaleur et de la bonté, beaucoup plus qu’il n’est d’usage entre inconnus. Des femmes se racontaient leur existence et promettaient de se rendre visite, tout en sachant qu'elles ne le feraient pas.

Tandis que nous nous rapprochions de Poplarville, il se produisit un remous dans le car. Tout le monde pensait au cas du jeune Parker et au jury qui avait refusé de prendre en considération les témoignages du F.B.I. accablant les lyncheurs.

« Vous êtes au courant de ce qui s'est passé à Poplarville ? me demanda Bill dans un murmure.

— Oui. »

Quelques Blancs se retournèrent. Les visages animés des Noirs se figèrent.

Bill me signalait les différents endroits d'une voix tranquille, impassible : « Ça, c'est la prison d'où on l'a enlevé. Ils sont montés à son cachot — les salauds, — ils l'ont attrapé par les pieds et traîné en bas tandis que sa tête rebondissait sur chaque marche. On a trouvé du sang tout le long de l'escalier et sur le palier en bas. Il savait sûrement ce qu'on allait lui faire. Il devait chier de frousse. »

L'autocar passa à travers les rues de cette petite ville du Sud, une ville charmante en apparence. Je regardai autour de moi. C'était trop réel pour mes compagnons, trop précis. Leurs traits étaient contractés, leur expression douloureuse comme s'ils se sentaient eux-mêmes traînés le long de l'escalier de la prison avec leur tête rebondissant sur les marches, eux-mêmes en train de vivre cette épouvante.

La voix de Bill s'éleva pleine d'amertume. « Voilà le palais de justice où le jugement fut rendu. »

Il me regarda pour s'assurer que je savais de quel jugement il s'agissait. Je fis un signe de tête. « C'est là où ils ont pratiquement dit aux Blancs : allez-y et lynchez ces Nègres, nous veillerons à ce que vous n'ayez pas d'ennuis. »

Je me demandai quelles étaient les pensées des Blancs devant moi. Le lynchage et la décision arbitraire du Grand Jury du comté de Pearl River étaient sûrement présents à leur esprit. Peut-être cette injustice était-elle autant un cauchemar pour eux qu'elle l'était pour mes voisins. Nous traversions dans la nuit une région boisée. Bill somnolait à mes côtés, accordant ses ronflements au bourdonnement des pneus. Personne ne parlait. Au bout d'un certain temps, Bill s'éveilla et montra du doigt par la fenêtre : « C'est dans ce ruisseau que son corps a été repêché », dit-il. J'essayai de percer la nuit mais je ne pouvais voir que la masse sombre des feuillages contre un ciel obscur.

Nous arrivâmes à Hattiesburg vers huit heures trente. La plupart des Noirs se hâtèrent vers les toilettes. Bill me fit des recommandations avec tant de sollicitude que je m'alarmai. S'il n'existait pas un danger réel, pourquoi serait-il si anxieux de m'aider à l'éviter ? Oui, en vérité pourquoi ? Il me dit où aller d'abord et à qui je devais m'adresser.

« Quelle est la meilleure façon de s'y rendre ? lui demandai-je.

— Avez-vous de l'argent ?

— Oui.

— Prenez un taxi.

— Où peut-on en trouver ?

— N'importe lequel de ces taxis là-bas, dit-il en m'indiquant une station avec des chauffeurs blancs.

— Vous voulez dire qu'un chauffeur blanc veut bien conduire un Noir ?

— Oui.

— Ils n'ont pas voulu à La Nouvelle-Orléans. Ils m'ont dit que ce n'était pas permis.

— Ici tout leur est permis du moment qu'ils vous extorquent du fric », dit-il. Nous nous dirigeâmes vers un taxi.

« Oui, monsieur, où voulez-vous aller ? » demanda le chauffeur. Je regardai à travers la vitre et je vis un jeune homme aimable d'aspect qui ne montrait pas la moindre trace d'animosité. Bill lui donna l'adresse où il devait me conduire.

« Attendez une seconde, voulez-vous ? » dit Bill au chauffeur. Il empoigna mon bras et m'emmena un peu plus loin.

« Je vous retrouverai. Je passerai demain vers midi pour m'assurer que tout va bien. »

Une fois de plus j'étais confus du mal qu'un inconnu se donnait pour moi.

Je le remerciai. Il hésita, comme s'il n'était pas sûr de ce qu'il fallait dire et puis : « Je ne veux pas me mêler de ce qui ne me regarde pas, mais si vous avez l'intention de trouver une fille, n'en prenez pas une qui risque de vous attirer des ennuis.

— Vous avez raison. »

Je pensai à la fable de La Fontaine. *Les deux*

amis[1], où l'un veut aider l'autre à se débarrasser de sa tristesse, au besoin en lui procurant une fille. Je ne détectai pas la moindre trace de paillardise dans la voix ou l'attitude de Bill, certainement aucun désir de faire l'entremetteur ; non, il voulait simplement me protéger.

« Si c'est vraiment dans vos intentions, vous feriez mieux de me laisser vous aider à en trouver une qui n'offre pas de dangers.

— Je suis vanné, Bill, répondis-je. Je crois que je me passerai de cela cette nuit.

— C'est bien… Je voulais juste vous éviter de vous fourrer dans un pétrin.

— Je vous en suis reconnaissant. »

Le chauffeur de taxi me conduisit à une adresse, Mobile Street, la rue principale du quartier noir. Elle était étroite, encombrée, bordée de boutiques, de cafés, de bars. Il était absolument poli, et avec tant de simplicité que je sentais que c'était sa véritable nature et non pas juste un vernis pour plaire au client — comme dans les magasins de La Nouvelle-Orléans.

« Ça paraît très désert dans ce coin-ci », dis-je en le payant. Avec le tintamarre et les braillements du rock and roll des juke-boxes, j'étais obligé de lui parler très fort pour qu'il pût m'entendre.

« Si vous ne connaissez pas le quartier, vous feriez mieux de vous mettre rapidement à l'abri », me dit-il.

La personne que je devais rencontrer m'en indiqua

1. En français dans le texte.

une autre. Tandis que je descendais Mobile Street, une voiture pleine d'hommes et de jeunes gens blancs passa à toute vitesse. Ils me crièrent des ordures. Une mandarine siffla à mes oreilles et alla s'écraser contre une maison. La rue était bruyante et primitive, il planait une tension à couper au couteau.

J'en perçus l'horreur démentielle. Dans le magasin de la deuxième personne avec qui je devais me mettre en rapport, bien qu'elle ne se privât pas d'exprimer son mépris pour les brutes qui ravageaient ce périmètre, nous parlions à voix basse.

« Ces enfants de salauds ont mis un garçon en bouillie. Il avait été se promener seul. Ils ont bondi hors de la voiture, ils l'ont mis en pièces et ils étaient repartis avant que personne n'ait réalisé ce qui se passait, me raconta-t-il. Ils en ont fait condamner injustement un autre pour avoir transporté du whisky dans sa voiture. Un garçon d'une qualité exceptionnelle. Jamais une goutte d'alcool. »

Il débordait d'une telle amertume que si je lui avais révélé mon identité il m'aurait pris pour un espion envoyé par les Blancs. Une autre voiture passa en ronflant dans la rue qui se vida instantanément. Peu de temps après, les Noirs firent leur réapparition. Je me réfugiai dans un drugstore et je bus des laits battus afin d'avoir un prétexte pour rester là. Un homme bien habillé s'approcha de moi et me demanda si j'étais Mr. Griffin. Je lui répondis par l'affirmative. Il me dit qu'il y avait une chambre pour moi et que je pouvais m'y rendre aussitôt que je le voudrais.

Je marchai à nouveau dans la rue, dans cette

obscurité animée de lumières et d'êtres humains. Le flonflon des blues jaillissait d'un bar. C'était une sorte de foire dantesque, imprégnée d'odeurs de barbecue et de pétrole.

Ma chambre était en haut d'une maison lépreuse en bois qui n'avait jamais reçu une couche de peinture. Elle tombait en ruine, mais on m'assura que là j'étais en sécurité et que l'on veillerait sur moi. Sans allumer l'électricité, j'allai m'asseoir sur le lit. Les lumières de la rue projetaient des lueurs soufrées dans la chambre. En bas, dans le bar, un homme improvisa une complainte en l'honneur du « pauvre Mack Parker... Balayé par la fureur... Son corps dans le ruisseau ».

« Oh ! Seigneur », dit une femme dans le silence qui suivit, d'une voix accablée de tristesse et de crainte.

« Dieu... Mon Dieu... » dit un homme à mi-voix, comme s'il était incapable d'ajouter autre chose.

Des disques de jazz faisaient retentir dans la nuit leur rythme saccadé, monstrueux, qui prenait aux entrailles. Le plancher grinça sous mes pas. J'allumai et regardai dans un bout de miroir cassé fixé au mur avec des clous recourbés. Je vis le reflet tiqueté d'un Noir chauve qui me regardait fixement. Je sus que j'étais en enfer. L'enfer ne pouvait pas être plus solitaire et désespéré, ni plus atrocement éloigné de l'ordre et de l'harmonie.

J'entendis ma voix, comme si elle appartenait à

quelqu'un d'autre, résonner dans la chambre vide, abstraite : « Nègre, pourquoi restes-tu là debout, en train de pleurer ? »

Je vis des larmes glisser sur ses joues dans la lueur blafarde. Puis je m'entendis prononcer les paroles que je leur avais si souvent entendu dire : « Ce n'est pas juste. C'est tout simplement pas juste. »

Puis la bouffée d'antagonisme, l'éclair passager de haine aveugle contre les Blancs qui étaient en quelque sorte responsables de tout cela, cette pensée éternellement lancinante : « Pourquoi agissent-ils de la sorte ? Pourquoi nous maintiennent-ils dans cette condition ? Qu'ont-ils à gagner ? Quel démon les possède ? » (Les Noirs disent : « Quelle maladie ont-ils contractée ? »)

Mon antagonisme fondit en douleur à l'idée que les miens pussent avoir « l'œil de haine », dessécher l'âme des hommes, priver des êtres humains de droits qu'ils accordent sans hésiter à des animaux.

Je me détournai du miroir. Dans un coin de la chambre, une lampe grillée traînait par terre. Point lumineux, l'ampoule électrique qui pendait du plafond se reflétait dans le verre dépoli de la lampe. Une demi-douzaine de clichés s'enroulaient autour comme des feuilles mortes. Je les ramassai et les regardai en transparence, étrangement excité, curieux de voir ce qu'avait photographié celui qui avait occupé la chambre avant moi.

Aucune des pellicules n'était impressionnée.

Je m'imaginai le pauvre homme allant chercher les photos au drugstore et se dépêchant de revenir dans cette chambre sordide afin de se réchauffer le cœur en regardant sa femme, ses enfants, ses parents, sa fiancée — qui sait ? Et il s'était trouvé devant ce film vierge, chef-d'œuvre gâché de la technique humaine.

D'une chiquenaude, comme il avait dû le faire, je rejetai les clichés dans le coin, je les entendis crisser contre le mur et retomber en voltigeant par terre. Un des clichés rebondit contre l'ampoule cassée, filant un son étrange, étiré, céleste, qui s'éleva fragile et aigu, au-dessus du tapage de la rue. Le juke-box faisait ricocher de la musique en un rythme obsédant.

hangity

hangity *hangity*

Harangity *oomp*

oomp *oomp*

Des effluves culinaires torturaient mon ventre vide, mais je ne voulais pas quitter la chambre pour aller au cœur de l'enfer. Je sortis mon carnet, me mis à plat ventre sur le lit et essayai d'écrire — n'importe quoi pour échapper à cette danse macabre, là, dehors dans la nuit du Mississippi. Mais je n'arrivais pas à me détendre. J'essayai d'écrire à ma femme — il fallait que je lui écrive pour lui donner de mes nouvelles — mais j'étais incapable de rien lui dire, les mots ne venaient pas. Elle n'avait rien à voir avec cette vie, avec cette chambre de Hattiesburg ou ce Noir qui l'occupait. C'était exaspérant. Tout mon être s'insurgeait instinctivement contre le dépaysement. Je commençais à comprendre la remarque de

Lionel Trilling, que la culture — modes de vie tellement enracinés qu'ils engendrent des réactions inconscientes, involontaires — est une prison. Ma condition de Noir, avec toutes les immenses implications sexuelles dont les racistes nous bombardent dans notre culture, créait une scission avec ma femme jusqu'au plus secret de moi-même.

Je regardai fixement la lettre et lus : *Hattiesburg, le 14 novembre. Ma chérie,* et puis une page blanche. La barrière visuelle s'imposait.

Mon personnage dissocié observait ce Noir, environné des sons et des odeurs du ghetto, en train d'écrire « chérie » à une femme blanche. Les entraves de ma noirceur m'empêchaient de poursuivre. Tout en comprenant et en analysant ce qui se passait en moi, j'étais paralysé.

Ne regarde jamais une femme blanche — regarde par terre ou d'un autre côté. Qu'est-ce qui te prend, mon garçon, d'appeler « chérie » une femme blanche ?

Je sortis en quête de nourriture : dehors je descendis les marches, ma main sur la rampe fraîche, usée : je passai devant un homme appuyé contre le mur, la tête enfouie dans ses bras, fondant dans l'ombre ; et puis je poussai une porte. La lumière et les inscriptions étaient indistinctes : *No Obscenety allowed and Hot Drinks 25 c.*

Une femme à la figure ronde, luisante de sueur, me tendit un sandwich de bœuf rôti. Ma main noire le prit de sa main noire. L'empreinte de son pouce restait imprimée dans la matière molle du pain.

J'étais si près d'elle que je sentais les odeurs qui émanaient de sa blouse blanche, un mélange de chair enfumée par du noyer brûlé, de talc au gardénia et de transpiration. L'expression de son visage me transperça. Ses yeux disaient clairement : « Mon Dieu... n'est-ce pas que c'est atroce ? » Elle prit mon argent et alla dans la cuisine. Je la regardai soulever le couvercle géant de la marmite et pêcher dedans un gros morceau de viande. Son visage voilé par des volutes de fumée blanche paraissait gris.

A travers le pain, je sentais la chaleur de la viande. J'emportai le sandwich avec moi et allai le manger dehors, assis sur les marches qui conduisaient à ma chambre. Un pinceau de lumière, en passant devant moi, éclaira des herbes folles et poussiéreuses, des détritus et des bâtiments annexes non loin derrière. J'étais cerné par la nuit, les klaxons et les ululements, même dans ce lieu de demi-retraite.

hangity

hangity

Harangity *hangity*

Tous les rythmes, même les battements du cœur étaient submergés par le tintamarre de la musique. Je me demandai ce qu'un spectateur éventuel penserait de tout ceci, et les Blancs à l'abri de leurs demeures : « Les Nègres font la bombe ce soir dans Mobile Street », diraient-ils peut-être. « Ils sont heureux. » Ou encore, selon la définition d'un intellectuel : « Malgré leurs conditions de vie modestes, ils sont capables de vivre dans la joie. » Seraient-ils conscients de la profonde mélancolie qui pesait sur le quartier, tellement accablante que pour y échapper les hommes cherchaient à émousser leur sensibilité dans le bruit ou le vin, le sexe ou la gloutonnerie ? Il fallait que le rire fût rabelaisien, sinon il devenait sanglot, et sangloter serait une prise de conscience qui impliquait le désespoir. Le bruit jaillissait donc comme une fugue accélérée, de plus en plus fort afin de submerger ce chuchotement au fond de chaque âme : « Tu es Noir. Tu es condamné. » Voilà ce que l'homme blanc prend pour « une vie joyeuse » et appelle « faire la bombe » ! Voilà pourquoi l'homme blanc peut dire : « Ils se conduisent comme des animaux » ; il ne comprend pas pourquoi ils doivent pour survivre hurler, s'enivrer, danser, ingurgiter le plaisir dans des corps privés de bonheur. Autrement les sons de ce quartier rythmés avec ordre se transformeraient en lamentations.

Je prévoyais un malheur. Une nuit à venir, toute cette tension éclaterait en violences. Des Blancs passeraient en trombe. Ils verraient un homme, ou un garçon ou une femme seule dans la rue, et le désir de frapper ou de tuer les envahirait ; il fallait que quelque chose d'effroyable mît le comble à cette folie croissante.

Des strophes de l'hymne de l'État me revinrent à la mémoire :

Loin là-bas dans le sud du Mississippi, au soleil le coton blanc fleurit,

Tous nous aimons notre Mississippi, c'est là que nous demeurons, c'est là que nous goûtons la vie.

L'étoile vespérale brille davantage, et le bonheur se retrouve dans l'aube couverte de rosée,

Loin là-bas dans le sud du Mississippi les gens sont heureux d'y être nés.

Des images sorties de livres et de films me revinrent — les dentelles, les vérandas ombragées aux colonnes blanches avec des *mint juleps* servis par des « Nègres » impeccables en livrée, les privilèges, le parfum des magnolias, les champs de cotonniers où « des Nègres joyeux et satisfaits » travaillaient le jour et ensuite se réunissaient chez leurs maîtres blancs bien aimés pour leur chanter des spirituals après dîner... jusqu'à l'époque où ils purent accéder à la liberté.

Ici, ce soir, j'étais assis sur une planche en bois, j'avais les lèvres barbouillées de graisse de viande, je devais me cacher aux regards méprisants des Blancs... même dans ce pays « où l'on goûte la vie ».

Et Dieu est aimé dans le Mississippi, le Foyer et l'Église sont chéris par ceux qui y vivent.

Je me levai avec raideur. Tout d'un coup, je sus qu'il était au-dessus de mes forces de retourner dans cette chambre avec son miroir tavelé, son ampoule électrique hors d'usage et ses pellicules sans image.

Je savais qu'il y avait dans Hattiesburg un homme blanc à qui je pouvais demander de l'aide — un journaliste, P. D. East. Mais j'hésitais à faire appel à lui. Il avait déjà été tellement persécuté à cause de ses tentatives de justice raciale que je craignais de le compromettre davantage par ma présence.

Je me lavai les mains et la bouche sous un robinet dans la rue et j'allai téléphoner. P. D. n'était pas chez lui, mais j'expliquai la situation à sa femme, Billie. Elle me dit que depuis longtemps elle était mithridatisée aux chocs et insista pour que P. D. allât à mon secours.

« Pas si cela doit vous attirer d'autres ennuis, dis-je. Je meurs de peur, mais je préfère rester ici plutôt que de vous accabler davantage.

— Il est tard, me répondit-elle. Je vais me mettre en rapport avec P. D. Il peut vous ramener ici sans se faire voir. Mettez-vous devant le drugstore. Il ira vous chercher. Une chose seulement. Ne faites pas vos investigations dans ce coin-ci — O.K. ?

— Bien sûr, répondis-je.

— Vous comprenez, ça risquerait de nous fourrer dans le pétrin alors...

— Bien sûr, il n'en est pas question. »

Je me postai devant le drugstore éclairé, mais fermé pour la nuit. Chaque fois qu'une voiture passait, mes nerfs se tendaient. Je m'attendais à recevoir une autre mandarine ou une autre bordée d'injures. Des Noirs étaient sur le pas des portes, me regardant comme s'ils me prenaient pour un fou de rester là, exposé à la lumière crue. Un homme de bon sens attendrait dans l'ombre.

Un peu plus tard je vis une voiture passer lentement et se ranger dans la rue, quelques mètres plus loin. Convaincu que c'était P. D., je m'étonnai qu'il pût avoir la sottise de garer sa voiture de telle sorte qu'il dût marcher sur le trottoir pour venir à moi. Cela l'obligeait à passer devant une poignée de Noirs qui ne le reconnaîtraient peut-être pas et qui avaient ce soir toutes les raisons du monde d'en vouloir à la race blanche.

Il sortit de sa voiture et, sa stature se détachant immense dans la faible lumière, il vint vers moi sans encombre. Je n'arrivais pas à prononcer une parole. Il serra ma main noire au vu et au su de tous. Puis, de sa voix douce et cultivée, il me demanda :

« Êtes-vous prêt à partir ? »

J'acquiesçai et nous allâmes vers sa voiture. Il ouvrit la porte, me fit monter et démarra.

« Je n'en reviens pas », s'exclama-t-il après un silence embarrassant.

Nous nous dirigeâmes vers sa maison à travers les rues sombres en parlant d'une manière étrangement guindée. Je me demandai pourquoi, et puis je réalisai que j'étais tellement habitué à être un Noir, à être traité avec mépris, que je n'arrivais pas à me débarrasser de ma méfiance. J'étais gêné de me trouver assis dans une voiture à côté d'un homme blanc, et surtout d'aller chez lui. En quelque sorte, je ne jouais pas la règle du jeu du Sud. Et puis, dans cette ambiance un peu particulière, mon « évasion » avait un caractère émotionnel qui n'échappait ni à l'un ni à l'autre.

Je lui dis à nouveau de ne pas me ramener chez lui

si cela impliquait un quelconque danger ou inconvénient pour sa femme et son enfant. Il ne tint pas compte de mes allégations.

Lorsque nous pénétrâmes dans son garage, sa femme était là dans l'ombre, près de la maison.

« Eh bien, salut, oncle Tom », dit-elle.

Une fois de plus je fus frappé par cette réalité accablante. Ici aux États-Unis, à notre époque, le simple fait que des Blancs reçoivent un Noir devait se passer la nuit et l'atmosphère inconfortable qui en découlait devait être compensée par de l'humour noir.

De quoi avions-nous peur ? Je ne saurais le définir exactement. Il était peu probable que le Ku Klux Klan vînt s'abattre sur nous. Nous étions simplement saisis par la crainte qui plane sur cet État, une chose terrible et indéfinissable. Cela me rappelait la terreur harcelante, déréglée, éprouvée en Europe lorsque Hitler se mit en marche, la peur de parler à des Juifs (et la honte que nous éprouvions de ce sentiment). Pour les Noirs, tout au moins, cette frayeur est constante dans le Sud, et il en est de même pour un grand nombre de Blancs ayant le sens de la dignité, qui observent cet état de choses et sentent combien cela est dégradant.

A l'intérieur de leur maison la gêne diminua petit à petit. C'était cependant pénible pour moi. Assis dans leur salon, je n'arrivais pas à me considérer comme leur « égal ».

Leur demeure était modeste, mais, comparée aux endroits où j'avais vécu récemment, c'était un palace. Néanmoins, ce qui me frappait le plus, c'était l'ambiance détendue, confiante et amicale. Pour moi c'était une découverte que je faisais à nouveau : la simple capacité de goûter les plaisirs du foyer, de se détendre et de se sentir à l'aise. Quoique cela fût l'apanage de la plupart des hommes, c'était en fait un luxe que je n'avais pas connu depuis que j'étais un Noir.

Les East me montrèrent ma chambre et me proposèrent de faire un brin de toilette. Je notai un nouvel exemple d'humour noir de la part de Billie qui m'avait justement mis des serviettes de toilette noires.

Nous confrontâmes nos expériences et discutâmes tard dans la soirée. Nous parlâmes de l'ami que nous avions en commun, l'historien de la littérature Maxwell Geismar, qui nous avait fait connaître par correspondance l'année passée. P. D. avait récemment rendu visite à Max et Ann Geismar ; il me dit combien leur aide lui avait été précieuse à travers tout le pays.

Puis East alla me chercher le manuscrit de son autobiographie. *The Magnolia Jungle,* publié par Simon et Schuster. A minuit, je l'emportai dans ma chambre avec l'intention d'y jeter un coup d'œil avant de dormir. Je n'arrivais pas à m'arracher du manuscrit. Toute la nuit je lus l'histoire d'un homme natif du Sud, aux tendances grégaires, à la tête d'un petit journal anodin. *The Petal Paper,* qui, populaire, devint membre des cercles locaux, emboîta le pas de « l'opinion courante », ce qui signifie « l'injustice courante », ou « maintenir le Nègre à sa place », d'une façon chrétienne, cent pour cent américaine et juste, naturellement.

« Je dispensais systématiquement de la cordialité à tout un chacun, me faisant des amis et des connaissances », écrivait-il. Il adopta la politique éditoriale du Sud. « Aimez l'Amérique, la mère patrie et détestez le péché » et ne parlez jamais des Noirs sauf d'une manière qui s'harmonise avec le mode de vie du Sud. *The Petal Paper* publiait les nouvelles locales et des articles courts tels que « Le citoyen de la semaine » et « Prière et méditation ». Ce dernier écrit par les prêtres du cru qui « s'adressaient aux chrétiens inquiets qu'on n'écrivît rien sur Jésus ».

La première année, East avait réussi à contenter tout le monde et à ne déplaire à personne. Le journal avait prospéré. Il avait gagné de l'argent et s'était rendu populaire auprès de ses concitoyens. East n'avait pris aucune position sur les questions importantes, évitant même de les mentionner. La nuit il commença à trouver difficilement le sommeil, à penser qu'il prostituait sa conscience et ses responsabilités de journaliste. « Lorsque je réalisai mon état d'esprit, j'eus peur et je me réfugiai à nouveau dans la politique du sourire éclatant et de la cordiale poignée de main. Voilà ce que produisent les effluves odorants de l'argent. »

De plus en plus torturé, East engagea une lutte avec sa conscience, son sens de l'honneur. Il lui devint évident que ce qu'il écrivait dans son journal n'était pas toujours la vérité, bien que ce fût ce que ses lecteurs désiraient y trouver. Comme, après la décision de la Cour suprême sur la ségrégation, la situation dans le Sud dégénéra, il se trouva devant un choix — ou continuer de plus en plus à altérer la vérité pour l'adapter au confort des gens, ou écrire la vérité dans le faible espoir que les gens essayeraient de s'y adapter en diminuant leur confort.

Ses éditoriaux commencèrent à s'écarter de la position « correcte » du Sud. Il employa le terme « équitable » pour déterminer sa nouvelle ligne politique. « Honnêtement et sincèrement je pensais qu'à de rares exceptions près, un homme pouvait dire ce qu'il voulait sans crainte de représailles, et en particulier un journaliste qui s'efforçait de donner à son esprit mercantile et insatisfait une direction, juste et honnête, pour changer. » Sa décision d'être « équitable » n'était pas compatible avec la position « correcte » du Sud.

Il s'entêta à prêcher la justice. Il déclara qu'afin de prouver que les Noirs n'ont pas droit à la liberté on était en train de subvertir les principes mêmes qui préservent l'esprit de la nôtre... de ce fait nous nous mettions nous-mêmes en péril, quelles que fussent notre race et nos croyances.

En résumé, il demandait que la société ait un comportement moral et vertueux. Il affirmait qu'avant d'avoir la justice, il fallait d'abord la vérité, et il insistait sur le droit et le devoir qu'il avait de publier la vérité. Fait significatif, cette attitude fut considérée comme de la haute trahison.

Couché dans mon lit, sous une lampe, je lus et

fumai des cigarettes. Dans la chambre voisine, j'entendais ronfler P. D. East, mais de ce côté-ci de la cloison, il était au cours de son récit un personnage éveillé et très vivant.

Il fut menacé et harcelé par des appels anonymes. Les membres du Conseil municipal estimèrent qu'il était digne de leur sollicitude, après quoi il perdit la plupart de ses abonnés et de ses contrats de publicité dans la région. Dans un pays qui jouit de la liberté d'expression et de publication, on lui coupait les moyens d'existence parce qu'il exprimait des opinions qui ne concordaient pas avec les préjugés courants.

Par exemple, il mit en question la loi proposée à l'Assemblée législative de l'État qui projetait de financer le Conseil des citoyens blancs par l'impôt. Il demanda s'il était juste de prélever sur les impôts payés par les Noirs une subvention pour un organisme ouvertement destiné à les brimer.

Il soutint qu'un autre projet de loi pour imposer des amandes à toutes les églises ayant des services religieux mixtes était en contradiction flagrante avec le premier amendement de la Constitution. Il souligna qu'on se trouvait là simplement en face de l'histoire bien connue de l'injustice légalisée. La législature de l'État local (en opposition avec la loi constitutionnelle) maintint que toutes ses décisions étaient la loi *de jure,* position qui efface la distinction entre un jugement vrai et un jugement faux. « Car, ainsi que Burke l'a dit, si le jugement fait la loi au lieu que la loi dicte un jugement, il n'est pas possible de prononcer un jugement illégal. » Une loi n'est pas bénéfique simplement parce que le corps législatif l'a votée, mais le corps législatif a l'obligation morale de ne voter que pour ce qui est bénéfique.

Cette tendance à édicter des lois commodes ou avantageuses plutôt qu'équitables s'est répandue dans les corps législatifs du Sud. Il en est résulté des lois d'un cynisme à peine croyable dans une société civilisée. Même après avoir été examinées par des tribunaux supérieurs et rejetées comme illégales, elles ont été renforcées dans certaines juridictions d'instance parce qu' « elles n'ont pas été rayées des rôles des causes ».

Des abonnements furent annulés. Des contrats de publicité furent résiliés. En essayant simplement de mener une campagne pour l'équité. P. D. East finit par perdre même ses vieux amis, qui se laissèrent influencer par la société. Il commença à recevoir des coups de téléphone où on le traitait de « salaud de philonègre, philosémite, communiste ». Il ne sortait jamais sans être armé.

« Ma réaction fut celle que j'avais déjà eue et que j'étais appelé à avoir maintes fois dans les jours à venir. Je fus déprimé au point de me confiner dans ma chambre, de m'asseoir sur mon lit et de pleurer comme un bébé. »

C'était un manuscrit étrange ; au beau milieu de la plus profonde tragédie personnelle, alors qu'il sombrait dans le marasme économique, il écrivit des articles d'un esprit étincelant. Il marqua ses buts les plus spectaculaires en tournant en ridicule le point de vue du « véritable habitant du Sud », tout en ayant l'air de le défendre et de l'expliquer. L'infortune le fit devenir un des écrivains satiriques les plus subtils et pénétrants de la littérature américaine. Dans *The Magnolia Jungle,* la juxtaposition des meilleures de ces rubriques sur un fond de profonde désolation était d'un effet saisissant. Cela montrait le phénomène d'un homme sombrant dans un abîme mais au pinacle de sa forme littéraire ; un homme accablé de malheurs écrivant des articles prodigieusement drôles. Tel Monoculus, il se moquait du diable.

Son cas, ainsi que ceux des autres « traîtres du Sud », comme Hodding Carter, Easton King, Ralph Mc Gill et Mark Ethridge, illustre à quel point le « véritable habitant du Sud » est dénué de préjugés raciaux : il est tout aussi disposé à anéantir les Blancs qui mettent en doute sa « sagesse » qu'il l'est à anéantir des Noirs.

Je rangeai le manuscrit et essayai de dormir. Mais le soleil entrait à flots par la fenêtre. J'avais lu toute la nuit.

Le 15 novembre.

Je m'étais à peine assoupi lorsque East entra dans ma chambre avec une tasse de café sur un plateau. Hébété, je lui demandai l'heure. Il était sept heures et demie. Je n'aspirais qu'à dormir, mais je savais qu'il voulait parler de son manuscrit.

Ce fut une journée extraordinaire, épuisante.

Nous la passâmes chez lui, dans son bureau. Je bus des tasses de café en écoutant des quintettes de Mozart et lus les extraits qu'il avait supprimés du manuscrit. Dans beaucoup de cas, je le poussai à réintégrer les coupures dans le texte — mais c'était de la folie. J'avais sommeil, j'étais absorbé par la merveilleuse musique et je m'efforçais de lire pendant que P. D. parlait — un long monologue prodigieusement drôle, ponctué toutes les cinq minutes par : « Eh bien, maintenant, je n'ouvre plus la bouche et je vous laisse vous concentrer sur tout cela. Mais est-ce que Max vous a déjà raconté... » Et une nouvelle histoire commençait.

« Je devais aller faire une conférence lundi à Dillard, me dit-il tristement.

— Y allez-vous ?

— Non... Le doyen Gandy m'avait demandé de venir. Je l'ai prié de remettre ce projet à plus tard. Je lui ai dit que j'étais très absorbé par mon livre. Et ce salaud plein de compréhension *se conforma à mes désirs ;* il n'insista même pas. Il acquiesça. " Bien sûr. P. D... avant tout votre livre. Vous pourrez venir un peu plus tard. " Il m'a fait de la peine.

— Il voulait simplement être gentil, parbleu.

— Gentil... au diable ! » Il fit une grimace de souffrance. « Il n'était pas du tout effondré à l'idée que je viendrais seulement plus tard. Bon. Vous restez ici jusqu'à lundi et je vous ramènerai à La Nouvelle-Orléans en voiture. Je m'arrêterai au passage pour le voir et lui prouver ainsi que j'aurais pu être là s'il avait eu la simple politesse d'insister. »

Nous travaillâmes toute la journée à compulser ses dossiers. Il empila sur mon lit le fruit de ses investigations, des pamphlets haineux, des coupures de journaux, des lettres et autres matériaux afin que je pusse travailler la nuit. Nous nous interrompions de temps en temps pour aller voir sa femme, Billie, et leur petite fille Karen qui, apprenant que j'étais du Texas et vivais dans une ferme, m'appela « ce riche propriétaire terrien chauve du Texas ».

En dehors de deux familles juives, ils avaient été mis au ban de la société de Hattiesburg. Billie passait une grande partie de son temps à pêcher l'après-midi dans une pièce d'eau du voisinage — une existence solitaire. Karen était une enfant blonde extraordinairement belle, du même âge que ma fille à qui elle ressemblait beaucoup. Elle était vive, terriblement franche et affectueuse. Constamment elle était en guerre avec son père au sujet des programmes de la télévision. Je ne comprenais à peu près rien à leurs discussions, sauf que des deux côtés la thèse était truffée de longues récriminations, mais les rôles traditionnels étaient renversés. Elle n'approuvait pas l'intensité avec laquelle son père regardait les westerns et les films pour enfants, et exigeait d'avoir le droit, nom d'un chien, de voir ses « programmes favoris ».

Je les quittai vers onze heures avec l'intention de me jeter au lit. Mais tous les matériaux que P. D. avait empilés sur les deux tables de nuit me fascinèrent tellement que je les compulsai et pris des notes jusqu'à l'aube. C'était peut-être la plus incroyable collection de ce que l'Est appelle les « âneries » du Sud. Cela prouve que les personnages les plus répugnants ne sont pas les racistes ignorants et agressifs, mais les juristes qui sont leurs porte-parole, qui « inventent » pour eux les propositions de lois et les bulletins de propagande. Toujours sous le couvert de patriotisme, ils choisissent délibérément de présenter des faits altérés à des gens qui n'ont pas la possibilité de les vérifier. Ils font appel à des intérêts régionaux, faisant preuve du mépris le plus absolu pour la conscience individuelle, et du dessein avéré de détruire les valeurs qui traditionnellement avaient la suprématie en ce pays.

Le 16 novembre.

Alors que le trajet La Nouvelle-Orléans-Hattiesburg m'avait semblé interminable, le retour dans la voiture de P. D. fut rapide. P. D. me conduisit à l'Université de Dillard, l'une des deux universités pour Noirs en Nouvelle-Orléans, vastes terrains verdoyants, bâtiments blancs, grands arbres où flottait la mousse des lichens. Nous avançâmes au ralenti, par la force des choses, car les allées avaient tous les vingt ou vingt-cinq mètres des dos-d'âne en ciment qui auraient fait violemment cahoter la voiture si l'on avait roulé vite. P. D. vitupéra contre eux et singea les commentaires habituels des « Blancs du Sud ». « Avez-vous déjà vu des terrains universitaires aussi rudement beaux et pour une bande de *Nègres* ? Ils deviennent de plus en plus arrogants. »

Au fond du parc il s'arrêta aux petites maisons où logeaient les professeurs et nous entrâmes pour retrouver le doyen Sam Gandy. Le doyen, bel homme plein d'esprit, d'une grande culture, venait de rentrer de voyage. Presque avant de nous présenter, P. D. se lança dans une diatribe, voulant savoir pourquoi Sam Gandy n'avait pas insisté pour qu'il fît sa conférence ce jour-là.

« Mais vous m'aviez dit que vous étiez trop occupé, dit Gandy en riant. Bien sûr que nous voulions vous avoir, mais... »

P. D. apaisé, nous confiâmes au doyen et à sa très belle femme l'expérience que je faisais. Comme nous avions peu de temps pour en parler, car Gandy avait un rendez-vous, je promis de revenir et de lui communiquer mes observations. Nous allâmes à la voiture et ostensiblement P. D. fit semblant de l'ouvrir avec la clef.

« Au nom du ciel, P. D., pourquoi avez-vous fermé votre voiture à clef, ici, dans cette ambiance monacale ? » demanda Gandy.

Les yeux fuyants, P. D. regarda dans toutes les directions d'un air méfiant, et confia à la cantonade : « Eh bien, avec tous ces sacrés Nègres qui traînent partout, vous savez... »

Gandy se plia en deux de rire et d'indignation. Il demanda à P. D. où en étaient les élections dans le Mississippi, et P. D. lui raconta l'histoire du Noir qui avait été s'inscrire au bureau de vote. L'homme blanc qui enregistrait les inscriptions lui fit passer le test habituel de culture générale :

« Quelle est la première ligne du trente-deuxième paragraphe de la Constitution des États-Unis ? » demanda-t-il.

Le candidat répondit à la perfection.

« Donnez-moi le nom du onzième président des États-Unis et la composition de son cabinet. »

Le candidat fit une énumération exacte.

Finalement, n'arrivant pas à le prendre en faute, l'homme blanc lui demanda :

« Savez-vous lire et écrire ? »

Le candidat écrivit son nom ; on lui tendit alors un journal en chinois pour voir comment il lisait. Il l'examina attentivement pendant un certain temps.

« Eh bien, pouvez-vous le lire ?

— Je peux lire le titre, mais je n'arrive pas à comprendre le reste du texte. »

Incrédule, l'homme blanc s'exclama : « Vous pouvez lire ce titre-*là* ?

— Oh ! oui... j'en ai bien compris le sens.

— Quel est-il ?

— Cela veut dire : voici un Noir du Mississippi qui n'aura pas le droit de voter cette année. »

East me déposa à La Nouvelle-Orléans dans Canal Street au centre de la ville. Je mangeai des fèves et du riz dans un restaurant pour Noirs du voisinage et j'allai ensuite au terminus des autocars acheter un billet pour retourner dans le Mississippi, mais cette fois-ci dans la ville côtière de Biloxi. Je ne vis pas la dame qui m'avait jeté le regard haineux quelques jours auparavant. Ayant trois heures à tuer avant le départ du car, je déambulai dans Canal Street et fis du lèche-vitrines. La ville était décorée en prévision de Noël et je me sentais perdu au milieu de la foule. L'après-midi était frais et ensoleillé. Je regardais les enfants entrer et sortir des magasins, la plupart d'entre eux excités de voir le Père Noël, et j'eus terriblement la nostalgie des mieux.

Une fois de plus j'arrêtai des hommes dans la rue et demandai le chemin soit du Marché Français, soit d'une église, et une fois de plus ils me répondirent tous avec politesse. Malgré les inégalités sociales, j'aimais La Nouvelle-Orléans, peut-être parce que j'appréhendais tellement la perspective de retourner dans l'extrême Sud, peut-être parce que c'était, après tout, tellement plus agréable que le Mississippi — bien que je sache que le reste de la Louisiane ne valait guère mieux.

Dans l'église des Jésuites, je pris un opuscule que j'avais déjà remarqué sur la table de Sam Gandy — *Pour les hommes de bonne volonté,* du Père Robert Guste. Marqués au crayon rouge au début de l'ouvrage, il y avait les mots « Justice raciale ». Je restai en plein soleil sur le parvis, remarquant que les passants soit retiraient leur chapeau, soit faisaient un discret signe de croix sur leur poitrine lorsqu'ils arrivaient à la hauteur de l'église. Je feuilletai les pages, notant la dédicace au passage :

« Je dédie ce livre à mon Père et à ma Mère et aux innombrables autres parents et éducateurs du Sud qui s'efforcent sincèrement d'inculquer à leurs enfants et à leurs élèves l'amour de tous les hommes et le respect de la dignité et de la valeur individuelle. »

Le Père Guste, prêtre diocésain de la circonscription archiépiscopale de La Nouvelle-Orléans, né et élevé dans le Sud, avait écrit ce livre afin d'élucider les questions de justice raciale pour les « hommes de bonne volonté » qui sont sincèrement alarmés par le « Problème ».

Je le parcourus rapidement en me promettant de le lire attentivement. Je m'avisai soudain que j'offrais un spectacle étrange et un peu outrecuidant. Un grand Noir, planté devant une église, et plongé dans la lecture d'un pamphlet sur la justice raciale. Je le fourrai rapidement dans ma poche et marchai jusqu'à la gare des Greyhound pour attendre mon autocar.

Dans les toilettes je vis par terre, à côté du panier à ordures, les restes d'une flûte de pain. Cela illustrait le passage d'un quelconque pauvre diable qui avait dû s'enfermer ici pour manger son repas de pain sec. La petite pièce était parfaitement propre et nue en dehors d'une affiche placardée sur la porte. Je lus l'avis soigneusement calligraphié et je m'aperçus que ce n'était rien d'autre que le tarif des rémunérations offertes par un homme blanc à des filles noires, suivant leur âge et le détail de leurs prestations intimes. Souvent les Blancs entraient dans les toilettes réservées aux Noirs afin de coller ces affiches au mur. L'homme en question faisait des propositions gratuites pour toute femme noire de plus de vingt ans et, suivant un taux ascendant, il offrait de payer depuis deux dollars pour une fille de dix-neuf ans jusqu'à sept dollars cinquante pour une de quatorze ans et davantage encore pour les non-pubères. Il fixait un rendez-vous dans la soirée et incitait tout homme noir voulant gagner cinq dollars à lui organiser une entrevue dans la limite des prix indiqués. « Il obtiendra ce qu'il veut », pensai-je en jetant un coup d'œil au croûton de pain. Pour un homme dont le repas ne consistait qu'en un morceau de pain, et peut-être de fromage, dans une toilette publique, cinq dollars pouvaient représenter beaucoup. Je songeais à ce Noir qui avait laissé ces traces de son passage. Quel genre d'homme était-ce ? Un poivrot ? Non, un poivrot aurait laissé une bouteille de vin vide. Quelqu'un qui n'avait pas pu trouver du travail et avait eu trop faim pour attendre quelque chose de mieux ? Probablement. Si la femme de la Librairie catholique avait refusé mon chèque de voyage, j'en aurais peut-être été réduit à la même extrémité. Ce qui m'étonnait, c'est qu'il n'eût point emporté avec lui les restes du pain. Peut-être que lui aussi avait lu l'affiche sur la porte et espéré avoir un bon dîner avec les cinq dollars.

Un jeune homme entra pendant que je m'essuyais les mains. Il me salua poliment ; avec une expression intelligente et rapide il jeta un coup d'œil à l'affiche et émit un grognement amusé et ironique. Sur ce sujet, le Noir a trop vu l'envers de l'homme blanc pour en être encore choqué. Il éprouve une supériorité indulgente chaque fois qu'il constate ces signes de leur faiblesse. C'est une des sources de son irritation d'être considéré comme un être inférieur. Il n'arrive pas à comprendre comment un Blanc peut se révéler aussi vil et en même temps s'abuser au point de se croire intrinsèquement supérieur. Pour les Noirs qui voient ce côté de la nature humaine — et ils ne la voient que trop souvent — les critiques de l'homme blanc sur leur prétendue « immoralité » les exaspèrent par leur inanité.

Le 19 novembre.

J'arrivai par autocar à Biloxi trop tard pour trouver des Noirs dans les parages, j'allai donc à pied à l'intérieur du pays et je dormis, gelant à moitié, sous un appentis avec un toit de tôle et une façade ouverte donnant sur le sud. Au matin, je pris mon déjeuner — café et pain grillé — dans un petit restaurant pour Noirs et j'allai ensuite jusqu'à la grand-route pour faire de l'auto-stop. La grand-route se déroulait sur des kilomètres le long de plages qui sont parmi les plus admirables que j'aie jamais vues. Sable blanc, océan magnifique et, de l'autre côté de la plage, des demeures splendides. Le soleil me réchauffait et je prenais tout mon temps, m'arrêtant pour regarder les plaques commémoratives historiques le long de la route.

Pour déjeuner je m'achetai dans une boutique du

bord de la route un demi-litre de lait et un sandwich aux saucisses enrobé de papier. Je les emportai dans le chemin qui bordait la digue et je mangeai. Un autochtone de couleur s'arrêta pour me parler. Je lui demandai s'il était agréable de se baigner sur des plages aussi splendides. Il me dit qu'elles étaient artificielles, que le sable y avait été dragué ; mais, à moins de se faufiler dans un coin isolé, un Noir ne saurait jamais comment était la mer, car l'accès des plages lui est interdit. Il souligna l'injustice de ce procédé étant donné que les frais d'entretien des plages étaient payés par un impôt sur l'essence. « En d'autres termes, chaque fois que nous achetons un gallon (3 litres 78) d'essence, nous donnons un *cent* afin que les Blancs puissent se servir de la plage », dit-il. Il ajouta que quelques-uns des gens de couleur de la région envisageaient de noter l'essence qu'ils achetaient et, en fin d'année, de demander au conseil municipal soit le remboursement de l'impôt sur l'essence, soit le droit d'aller sur les plages pour lesquelles ils auraient payé leur juste part.

Après quelque temps je me remis à marcher, mais mes jambes se dérobaient de lassitude. Une voiture s'arrêta à mes côtés et un jeune homme blanc aux cheveux roux me dit de « sauter dedans ». Son regard était amical, poli, et il s'adressait à moi sans condescendance. Je commençai à avoir l'espoir que j'avais mésestimé les gens du Mississippi. Avec quel empressement je saisissais la moindre manifestation de bonté, désirant faire un compte rendu favorable.

« Belle région, n'est-ce pas ? dit-il.

— Merveilleuse.

— Vous êtes juste de passage ?

— Oui, monsieur... Je vais à Mobile.

— D'où êtes-vous ?

— Texas.

— Moi je suis du Massachusetts », dit-il, comme s'il tenait à me faire savoir qu'il n'était pas du Mississippi.

J'éprouvai une très vive déception, et j'effaçai dans mon esprit le passage que j'avais composé mentalement sur la bonté du Mississippien qui fit monter un Noir dans sa voiture. Il me confia qu'il n'approuvait pas « l'attitude des gens du Sud ».

« Ça se voit, dis-je.

— Mais vous savez, ajouta-t-il, ils sont parmi les meilleures gens du monde pour tout le reste.

— J'en suis convaincu.

— Je sais que vous ne le croirez pas, mais c'est vraiment la vérité. Mais je ne leur parle jamais de questions raciales.

— Avec votre manière de voir, je comprends cela, dis-je en riant.

— Ils ne peuvent pas en discuter. C'est dommage, mais dès qu'on amène la conversation là-dessus, ils perdent la raison. Jamais je n'arriverai à comprendre. C'est le seul sujet sur lequel ils sont bloqués. J'ai maintenant vécu ici plus de cinq ans — et j'ai eu des rapports de bon voisinage avec eux ; mais si je parle de questions raciales en montrant la moindre sympathie pour les Noirs, ils me disent simplement que je suis un “ étranger ” et que c'est une question que je ne peux pas comprendre. Qu'y a-t-il à comprendre ? »

Je fis à pied quoi — quinze, vingt kilomètres ? Je marchais car on ne peut pas s'asseoir simplement au milieu d'une grande route, et il n'y avait rien d'autre à faire que marcher.

Tard dans l'après-midi, mon esprit se liquéfiait de fatigue. Toute mon énergie était concentrée à faire avancer un pied après l'autre. La sueur coulait dans mes yeux et trempait mes vêtements, et la chaleur de la chaussée transperçait la semelle de mes souliers. Je me souviens de m'être arrêté à une petite crémerie en plein air et d'avoir acheté une glace uniquement pour avoir l'excuse de m'asseoir à une des tables disposées sous les arbres — aucune n'était occupée. Mais avant que j'aie eu le temps de prendre ma glace et d'atteindre mon but, une bande de jeunes Blancs arriva et ils s'assirent. Je n'osai plus prendre une chaise, même à une table éloignée. Déçu jusqu'au désespoir, je m'appuyai contre un arbre et je mangeai ma glace.

Derrière l'échoppe il y avait un vieux cabinet décrépit, dangereusement incliné sur le côté. Je retournai au comptoir. « Oui, monsieur, dit l'homme blanc avec amabilité, vous désirez autre chose ?

— Où sont les toilettes les plus proches ? » demandai-je. Il repoussa en arrière sa toque blanche de cuisinier et frotta son index sur son front couvert de sueur. « Voyons. Vous n'avez qu'à monter de ce côté jusqu'au pont, ensuite traverser la route sur la gauche et puis suivre ce chemin. Vous arriverez à une petite agglomération — il y a là quelques boutiques et postes à essence.

— A quelle distance est-ce ? demandai-je en faisant semblant d'être plus incommodé que je ne l'étais réellement.

— Pas loin — à treize, peut-être quatorze rues d'ici. »

Le crissement paresseux d'un criquet sur un chêne à proximité déchira le ciel.

« N'y a-t-il pas un endroit plus près ? » demandai-je, décidé à savoir s'il n'allait pas me proposer d'utiliser sa hutte délabrée, qu'aucun être humain ne pouvait certes dégrader plus que le temps et les éléments ne l'avaient déjà fait.

Son visage ridé manifesta la préoccupation et la sympathie d'un être humain pour un autre dans une situation gênante que tout homme comprend. « Je ne vois vraiment pas... » dit-il lentement. Je jetai un coup d'œil du côté de la baraque : « Aucune possibilité pour moi de faire un saut là-dedans pour une minute ?

— Non, répondit-il d'un ton définitif, avec netteté et douceur comme s'il le regrettait mais ne pouvait permettre une telle chose. Je suis désolé. » Il se détourna. « Merci tout de même », dis-je.

A la tombée de la nuit, je n'étais plus dans la région côtière mais dans la campagne. Chose étrange, les automobilistes s'arrêtaient plus souvent pour me proposer de faire un bout de chemin en voiture. Alors qu'ils ne s'arrêtaient pas en plein jour, ils le faisaient plus volontiers au crépuscule.

Ce soir-là j'ai dû être transporté une douzaine de fois. Tous fondus en un même cauchemar, chaque transport à peine différent de l'autre.

La raison pour laquelle ces automobilistes me firent monter dans leur voiture devint bientôt évidente. A part deux cas, cela revenait pour eux à prendre une photo ou un livre pornographique — sauf qu'en l'occurrence c'était de la pornographie orale. Avec un Noir, ils présumaient qu'il n'était pas nécessaire de donner l'apparence du respect de soi et de la décence. L'élément éclairage entrait en ligne de compte. Dans une voiture, la nuit, la visibilité est réduite. Un homme se révélera dans l'ombre, qui lui donne une illusion d'anonymat, plus qu'en pleine lumière. Certains se montraient d'une franchise cynique, d'autres plus subtilement retors. Tous faisaient preuve d'une curiosité morbide de la vie sexuelle des Noirs et tous, à la base, avaient la même image stéréotypée du Noir, machine sexuelle inépuisable, aux organes génitaux énormes et à l'expérience très étendue et très variée. Ils semblaient croire que les Noirs avaient fait toutes les choses « spéciales » qu'eux-mêmes n'avaient jamais osé faire. Ils poussaient la conversation jusqu'à la perversité la plus extrême. Je souligne ceci car il est navrant de voir des hommes et des jeunes gens convenables trouver inutile d'avoir avec un être, parce qu'il est Noir, la tenue qu'ils auraient par respect avec le plus vil des Blancs. Je le souligne aussi parce que cela n'avait rien à voir avec les réunions d'hommes et les conversations qui s'y déroulent habituellement. Aussi libres soient-elles, il y règne une qualité saine qui sous-entend : « Nous sommes des hommes, il est agréable de faire ces choses et d'en parler, mais cela n'entamera jamais le respect fondamental que nous avons les uns pour les autres : cela n'altérera jamais notre nature humaine. » C'est pourquoi l'ambiance, quelle que soit sa grossièreté, a une verve et une gaieté essentielles qui excluent tout ce qui est malsain. Cela implique le respect des gens qui sont là. Mais ici tout ce que je pouvais voir, c'étaient des hommes sans respect d'eux-mêmes ni de celui avec qui ils se trouvaient.

Dans mon état vacillant de faiblesse, ces conversations me pompaient comme un vampire. Chaque fois qu'un des automobilistes me redéposait sur la route, j'espérais que le prochain m'épargnerait ses obsessions. Je demeurais silencieux en alléguant mon épuisement et mon manque de sommeil.

« Je suis tellement fatigué que je ne peux même pas penser », disais-je.

Comme des hommes qui ont anticipé un plaisir, ils ne voulaient pas être frustrés. Cela devenait une sorte d'acharnement étrange tandis qu'ils vrillaient mon crâne à la recherche de mes réminiscences sexuelles.

« Eh bien, avez-vous jamais fait telle et telle chose ?

— Je ne sais pas... répondais-je en gémissant.

— Qu'y a-t-il ? N'avez-vous pas de virilité ? Mon père m'a dit qu'on n'était pas un homme véritable jusqu'à ce qu'on ait fait telle et telle chose. »

Les plus âgés étaient d'une lubricité plus cynique.

Ainsi l'un d'eux : « Allons, n'essayez pas de me la faire. Je ne suis pas né d'hier. Vous savez parfaitement bien que vous avez fait telle et telle chose, tout comme moi je l'ai fait. Fichtre, c'est bon de cette façon-là. Dites-moi, avez-vous déjà pris une femme blanche ?

— Est-ce que vous me croyez fou ? »

Tacitement, je repoussais toute discussion sur le racisme, car il n'aurait pas hésité à s'en servir par la suite contre les Noirs dans ses conversations : « Vous savez, pas plus tard qu'hier soir, j'ai fait admettre à l'un d'eux qu'il était obsédé par les femmes blanches. »

« Je n'ai pas demandé si vous étiez fou, enchaîna-t-il. Je vous ai demandé si vous en aviez déjà possédé une — ou vraiment désiré en avoir une. » Puis d'un ton mielleux de connivence : « Il y a des masses de femmes blanches qui aimeraient avoir un grand costaud de Noir.

— Ce serait fabriquer la corde pour se pendre que de faire une chose pareille.

— Vous me dites cela, mais je parie qu'intérieurement vous pensez différemment...

— C'est véritablement un pays magnifique par ici. Qu'est-ce qu'on y cultive surtout ?

— N'est-ce pas que vous ne me dites pas ce que vous pensez ? Vous pouvez me le dire. Bon sang, ça m'est égal...

— Non, monsieur, soupirais-je.

— Vous mentez comme un arracheur de dents et vous le savez... »

Silence. Peu après, presque avec brusquerie, il arrêtait la voiture et disait : « Bon, je ne vais pas plus loin. » Il parlait comme s'il m'en voulait de mon attitude non coopérative, mon refus de lui donner cet étrange plaisir sexuel verbal.

Je le remerciai et descendis sur la grand-route. Il continua son chemin dans la même direction.

Je fus bientôt ramassé par un autre, un jeune homme d'une trentaine d'années à peine, à la voix cultivée. Ses questions avaient l'apparente élévation d'un érudit qui cherche à accroître ses connaissances, mais les connaissances qu'il cherchait étaient exclusivement d'ordre sexuel. Il présupposait que, dans le ghetto, la vie des Noirs est un marathon du sexe avec un grand nombre de partenaires différents, à la vue de tous ; bref, que la fidélité conjugale et l'utilisation du sexe comme trait d'union entre deux êtres qui s'aiment étaient l'apanage exclusif des Blancs. Bien qu'il se prétendît au-dessus d'idées telles que la supériorité raciale et qu'il parlât avec une sincérité chaleureuse, toute sa conversation, truffée d'idées préconçues, était la preuve du contraire.

« Il paraît que les Noirs ont l'esprit beaucoup plus ouvert sur ce sujet, dit-il avec animation.

— Je ne sais pas.

— Il paraît que le sexe pour vous autres est davantage un art — ou peut-être une *distraction* — qu'il ne l'est pour nous.

— J'en doute.

— Cependant vous ne semblez pas avoir les mêmes inhibitions que nous. Nous sommes tous fondamentalement des puritains. Il paraît que les Noirs font des choses beaucoup plus variées — avec des partenaires des deux sexes — que nous. Oh ! ne vous méprenez pas. J'admire votre attitude, je pense qu'elle est plus saine que la nôtre. Vous n'avez pas tous ces damnés complexes. Les Noirs n'ont pas beaucoup de névroses, n'est-ce pas ? Je veux dire que vous autres vous avez une tradition sexuelle plus réaliste — vous n'êtes pas tenus à l'écart de ces choses comme nous le sommes. »

Je savais qu'il voulait dire que les Noirs voyaient tout cela depuis leur plus tendre enfance. Il avait lu ces mêmes histoires, ces mêmes rapports des sociologues sur des parents qui vivent dans la même chambre que leurs enfants, l'homme rentrant ivre chez lui et forçant la mère sur le lit devant leurs yeux. J'avais envie de lui rire au nez en pensant aux familles de Noirs que j'avais déjà connues depuis que j'étais assimilé aux leurs : les hommes dans la rue, dans les ghettos, les mères de famille et le souci constant qu'ils ont « d'élever convenablement » leurs enfants.

« Vous autres, vous considérez le sexe comme un *but* en soi — et c'est ainsi que cela devrait être. Tout ce qui vous est agréable est moralement justifié pour vous. N'est-ce pas là le point principal qui nous différencie ?

— Je ne crois pas qu'il y ait de différence, répondis-je prudemment, ne voulant pas lui opposer la contradiction d'un Noir, ce qui aurait risqué de provoquer sa colère.

— Vous ne le croyez pas ? » Sa voix trahissait son excitation et sa curiosité : il ne semblait pas offusqué par ma réponse.

« Nos prêtres nous enseignent le péché et l'enfer exactement comme les vôtres le font, continuai-je. Nous avons la même base puritaine que vous. Nous avons les mêmes inquiétudes que les hommes blancs sur la perte de la virginité ou la dépravation de nos enfants. Nous avons les mêmes misérables petits problèmes sur nos capacités sexuelles, les mêmes sentiments de culpabilité que vous. »

Il semblait étonné et enchanté, non pas à cause de ce que je disais, mais par le fait que je pusse le dire. Toute son attitude enthousiaste exprimait d'une manière presque hurlante : « Mais voyons, vous parlez intelligemment ! » Il était si obtus qu'il ne réalisait pas l'insulte qu'impliquait son étonnement devant un homme noir pouvant dire autre chose que « oui monsieur » et marmotter un mot de cinq lettres.

De nouveau, il posa des questions à peine différentes de celles que se poseraient des hommes blancs entre eux ; en particulier des érudits discutant de différences culturelles sur un plan abstrait. Cependant il insinuait une nuance de complicité subtile. Il étudiait systématiquement les différents aspects du problème, mais il n'arrivait pas à cacher sa préoccupation réelle. Il s'enquit de la taille des parties génitales des Noirs et de détails sur leur vie sexuelle. Seul le langage différait des autres questionneurs — la substance était la même. Mais, dans ce cas, je pouvais le contredire sans risquer un flot d'insultes ou de susceptibilités. Il cita Kinsey et d'autres. Il s'avérait que c'était un de ces jeunes gens qui connaissent un nombre impressionnant de faits, mais pas la vérité. Encore une fois, ceci n'aurait pas de signification et ne vaudrait pas la peine d'être relevé si ce n'est pour la raison suivante : lorsque j'étais Blanc j'ai souvent parlé avec ce genre d'homme qui jamais ne manifestait l'excitation lubrique de mon interlocuteur. Cela s'expliquait du fait que la couleur noire et ce qu'elle impliquait à ses yeux l'autorisait à se démasquer. Il considérait le Noir comme une espèce humaine différente. Il me regardait comme une sorte d'hybride proche de l'animal, et de ce fait, il ne se croyait pas tenu à conserver son respect humain, mais cela, il eût certainement refusé de l'admettre.

Je me disais que j'étais fatigué, que je ne devais pas juger ces hommes qui me faisaient payer mon transport dans leur automobile en m'imposant le délire de leurs imaginations fangeuses. Ils me montraient ce qui stagne au fond de tous les hommes, mais qu'ils amènent rarement à la surface, car la plupart s'efforcent d'être sains. Le garçon finit par me demander de me montrer nu, sous prétexte qu'il n'avait jamais vu un Noir dévêtu. Sans rien lui répondre, je me réfugiai dans un mutisme absolu. Il s'éleva entre nous un silence bruissant et j'étais désolé du reproche tacite qui émanait de moi. J'aurais voulu lui épargner cette situation cruelle, car je savais qu'elle avait surgi à cause de la nuit et des circonstances et que ce côté de sa nature se révélait rarement dans sa vie quotidienne.

Je regardai fixement le tableau de bord faiblement éclairé et je m'imaginai ce garçon assistant à l'enterrement d'une vieille tante, prenant le repas du dimanche avec ses parents, rendant un service à un ami — car il était bon. Comment pouvais-je lui montrer que je comprenais, que je le respectais toujours, et que je ne le condamnais pas à cause de ce faux pas ? Car il aurait pu mal interpréter ma manifestation de simple charité et la prendre pour la confirmation que les Noirs sont insensibles aux aberrations sexuelles, qu'ils n'y attachent pas d'importance, et cela aurait étayé cette légende qui porte un tort considérable aux Noirs.

« Je n'allais rien vous faire, dit-il d'une voix blanche, humilié. Je ne suis pas anormal ou quelque chose comme cela.

— Bien sûr que non, répondis-je. Ce n'est rien.

— C'est simplement que je n'ai jamais l'occasion de parler à des Noirs instruits — à des gens qui peuvent répondre à des questions.

— Vous rendez les choses plus compliquées qu'elles ne le sont, lui assurai-je. Si vous voulez connaître nos mœurs — nos comportements et nos idéaux — il n'y a pas de mystère. Ce sont des questions humaines, et le Noir est un être humain au même titre que le Blanc. Demandez-vous simplement comment cela se passe avec un homme blanc et vous saurez la réponse. La racaille noire est pareille à la racaille blanche. Notre sens de la dignité est à peu près le même que le vôtre.

— Mais il existe des différences. Les études sociologiques que j'ai lues...

— Elles ne traitent pas de différences fondamentales de la nature humaine entre les Blancs et les Noirs, répondis-je. Elles étudient seulement l'influence du milieu ambiant sur la nature humaine. Mettez l'homme blanc dans le ghetto, supprimez-lui les avantages de l'instruction, arrangez-vous pour qu'il doive lutter péniblement pour maintenir son respect de lui-même, accordez-lui peu de possibilités de préserver son intimité et moins de loisirs, après quelque temps il assumerait les caractéristiques que vous attribuez aux Noirs. Ces caractéristiques ne sont pas issues de la couleur de la peau, mais de la condition humaine.

— Oui, mais les Noirs ont plus d'enfants naturels et de criminalité, et perdent leur virginité plus jeunes, ce sont des faits établis, insista-t-il sans désir d'être blessant.

— Le fait que les hommes blancs ont les mêmes problèmes est la preuve que ce ne sont pas des caractéristiques propres aux Noirs, mais la conséquence de notre état d'homme, dis-je. Lorsque vous forcez des êtres humains à avoir un mode de vie inhumain, on en arrive toujours à cela. Empêchez un homme de goûter aux plaisirs de l'esprit et il tombera fatalement dans ceux de la chair.

— Mais nous ne vous privons pas des “ plaisirs de l’esprit ”, protesta-t-il.

— La plupart du temps, nous n’avons pas accès aux concerts, aux théâtres, aux musées, aux conférences, ou même aux bibliothèques. Nos écoles dans le Sud ne peuvent pas être comparées aux écoles pour Blancs, aussi pauvres soient-elles. Vous empêchez un homme d’accéder à l’instruction et il ne connaîtra rien des grandes influences civilisatrices de l’art, de l’histoire, de la littérature et de la philosophie. Beaucoup de Noirs ne savent même pas que ces choses existent. Avec pratiquement rien pour exalter l’esprit ou exercer l’intelligence, l’homme sombre. Il devient corrompu et tragique.

— C’est une chose que je ne peux pas m’imaginer, dit-il. Je pense que c’est injuste. Mais il y a beaucoup de Blancs qui, eux aussi, n’ont pas accès à ces choses — les arts, l’histoire, la littérature et la philosophie. Quelques-uns des êtres les plus merveilleux que je connaisse vivent à la campagne et ne vont jamais dans les musées ou aux concerts.

— Vivant à la campagne, ils sont environnés par les musées et les concerts qu’offre la nature, répondis-je. D’ailleurs ces portes leur sont toujours ouvertes. Le sort du Noir, aussi, est meilleur à la campagne. Mais la plupart sont privés d’instruction. L’ignorance les maintient dans la pauvreté, et quand un citadin noir est pauvre, il vit dans le ghetto. D’habitude sa femme doit travailler, et les enfants sont abandonnés à eux-mêmes sans la surveillance de leurs parents. Dans de tels endroits, où l’homme emploie tout son temps à essayer de survivre, il est bien rare qu'il sache ce que c'est que lire un bon livre. Il a poussé dans la misère et maintenant il voit ses enfants y pousser. En général, sa femme gagne plus d'argent que lui. Il est frustré dans ses aspirations de chef de famille. Quand il regarde ses enfants et son logement, il se sent coupable de ne leur avoir pas procuré quelque chose de mieux. Son seul espoir de salut est finalement de s'en fiche éperdument, sinon il sombrerait dans le désespoir. Le désespoir émousse le sens de la vertu chez un homme. Plus rien n'a d'importance pour lui. Il fera n'importe quoi pour y échapper — voler, commettre des actes de violence — ou peut-être essayer de s'oublier dans la débauche. La plupart du temps le don Juan est simplement un pauvre diable essayant de faire preuve d'une virilité qui est démentie par toute son existence. C'est ce que les Blancs appellent le *sorry Nigger*[1]. Bientôt il abandonnera son foyer ou se rendra intolérable au point d'en être expulsé. La mère reste alors seule pour subvenir aux besoins des enfants. Pour qu'il y ait de la nourriture dans leurs ventres, elle doit vivre loin d'eux pour son travail. Les enfants sont abandonnés dans la rue, pour être la proie de n'importe quel spectacle ou conversation, de n'importe quelle expérience sexuelle, de tout ce qui peut rendre leur vie plus intéressante ou agréable. Pour une jeune fille qui ne possède rien, et n'a jamais rien connu, les bribes d'affection fruste, ou l'argent,

1. « Nègre pitoyable ».

les menus présents qu'elle arrive à grappiller en faisant commerce de son corps, ont l'attrait des jouets pour l'enfant. Quelquefois elle devient enceinte et elle tombe alors dans un cercle vicieux : souvent la mère n'arrive pas à gagner suffisamment pour faire vivre ses enfants, alors elle se prostitue. L'habitude est vite acquise jusqu'à ce qu'il survienne un autre enfant à faire avorter ou à faire vivre. Mais rien de tout cela n'est une caractéristique négroïde.

— Je ne sais pas... soupira-t-il. Il semble qu'un homme pourrait faire mieux.

— C'est ce que vous croyez, car vous pouvez imaginer quelque chose de mieux. Le Noir sait qu'il y a quelque chose qui ne va pas du tout, mais, vu le fonctionnement actuel des choses, il ne peut pas savoir qu'à travers le travail et les études on atteint quelque chose de mieux. Tous, nous arrivons au monde les mains vides. Les hommes noirs, blancs ou de toute autre couleur, sont en cela logés à la même enseigne. Mais, petit à petit, vous recevez ce que jamais n'aura un enfant élevé dans la crasse et la pauvreté du ghetto. »

Il conduisit en silence au travers d'une averse qui crépita contre le pare-brise et qui fit monter d'une octave le bourdonnement de ses pneus.

« Mais la situation est en train de changer, fis-je remarquer après un temps. Le Noir ne sait peut-être pas exactement *comment* y parvenir, mais il sait une chose — le seul moyen de sortir de cette tragédie, c'est l'instruction, un apprentissage. Il y en a des milliers qui sacrifient tout pour de l'instruction, afin de prouver une fois pour toutes qu'ils ont la même capacité d'apprendre, d'agir que les autres hommes — que la pigmentation n'a rien à voir avec l'intelligence, le talent ou la vertu. Ceci n'est pas prendre des désirs pour des réalités, mais a été prouvé d'une façon concluante dans tous les domaines.

— Nous ne sommes pas informés de ces choses, fit-il remarquer.

— Je le sais. Les journaux du Sud annoncent tous les viols, toutes les tentatives de viol, tous les soupçons de viol et tous les viols présumés, mais les réalisations de valeur ne sont pas jugées dignes d'être imprimées. Même le Noir du Sud a peu de chances de connaître la vérité étant donné qu'il lit dans les journaux les mêmes comptes rendus déformés. »

Le jeune homme arrêta sa voiture dans une petite agglomération pour me déposer.

« Je regrette pour tout à l'heure. Je ne sais pas ce qui m'est passé par la tête, dit-il.

— Je l'ai déjà oublié.

— Je ne vous ai pas offensé ?

— Vous ne m'avez pas offensé.

— Bien. Alors, bonne chance. »

Je le remerciai et je descendis sur la route luisante de pluie où se reflétait l'éclairage au néon. L'air humide et brumeux m'enveloppa de sa fraîcheur. Je regardai le feu arrière de la voiture disparaître dans le brouillard. Je n'eus pas le temps de me demander si j'allais m'asseoir ou chercher un sandwich. Une automobile d'un vieux modèle klaxonna et freina pour s'arrêter un peu au-delà d'où j'étais. A cause des odeurs d'une nuit pluvieuse en Alabama, de cette succession de bizarreries sexuelles, je fus glacé d'appréhension à l'idée des exigences qu'allait avoir cet inconnu. Mais je n'avais pas le choix. Il n'y avait pas là d'endroit où dormir.

« Où allez-vous ? demanda-t-il.

— A Mobile », répondis-je. Il me dit de monter. Je regardai par la fenêtre sans vitres et je vis un jeune homme solidement bâti avec une figure ronde.

En cours de route, je me détendis. Il était impétueux, bruyant et spontané. J'en arrivai à la conclusion qu'il était daltonien, puisqu'il semblait ignorer totalement que j'étais un Noir. Il était sociable, un point c'est tout. Il me dit qu'il travaillait dans le bâtiment et que ce soir il était en retard pour rentrer chez lui retrouver sa femme et son petit garçon.

« Je n'arrivais pas à faire partir cette sacrée vieille guimbarde, ajouta-t-il. Je laisse la bonne voiture à ma femme. »

Pendant une heure nous nous plongeâmes dans les délices d'une conversation sur nos enfants. L'état de père de famille le remplissait d'enthousiasme, il m'énuméra les mérites sans fin de son fils et il me fit raconter ceux de mes enfants.

« Je sens que je ne tiendrai pas jusqu'à la maison sans manger quelque chose, fit-il remarquer. D'habitude, je suis chez moi vers six heures et ma femme a le dîner prêt sur la table. Avez-vous déjà dîné ?

— Non, pas encore.

— Voulez-vous un hamburger ?

— Je ne crois pas que l'on trouve un endroit ici où l'on veuille me servir.

— Merde, je les apporterai dans la voiture. Nous pouvons manger pendant que je conduis. »

Je l'observai pendant qu'il entrait dans un restaurant au bord de la route. Il paraissait jeune, vingt ans à peine, et je me demandai comment il avait échappé à l'habitude de dresser la barrière entre les Noirs et les Blancs en usage dans le Sud. C'était pour moi le premier homme d'une couleur quelconque qui ne confondît pas à ce sujet l'imagerie populaire avec la réalité.

Je me demandai quelle était l'origine de son attitude et m'efforçai de trouver une explication pendant qu'il me conduisait dans Mobile. Son milieu, son éducation, sa famille étaient ordinaires. A la radio, il aimait écouter une musique nasillarde et bruyante et, à la T.V., il préférait les westerns. « Oh ! la barbe, je ne peux pas supporter tout ce vieux théâtre ennuyeux. » Sa religion peut-être ? « Ma femme est presbytérienne. Quelquefois je l'accompagne. Mais je n'aime pas tellement cela. » Ses lectures, alors ?

« Y a-t-il une bonne bibliothèque à Mobile ?

— Franchement, je n'en sais rien. Je crois qu'elle a la réputation d'être bonne. Ma femme lit beaucoup. »

J'en arrivai à la conclusion que son attitude découlait de son amour débordant pour son enfant, si profond qu'il l'étendait à toute l'humanité. Je savais qu'il était absolument inconscient de ce pouvoir d'aider les hommes ; du bienfait que cela représentait pour quelqu'un comme moi après avoir été épuisé et mis à vif jusqu'au tréfonds de mon cœur au cours de cette soirée de pluie dans l'Alabama.

Je pensais à la conclusion de Maritain que la seule solution aux problèmes des hommes est le retour à la métaphysique et à la charité (dans le vieux sens universel du terme *caritas,* non dans le sens littéral étriqué du langage d'aujourd'hui). Ou, plus simplement, à la maxime de saint Augustin : « Aime, et fais ce que tu veux. »

Vivre dans un monde sans amour, où les hommes trichent et sont endurcis, incite à se préoccuper de la mort et à voir la futilité de tout, sauf de la vertu. En passant du Mississippi à l'Alabama, j'avais l'impression de quitter un cimetière.

Comme le Mobile moderne ne m'était pas familier, mon jeune ami me conduisit à travers le centre de la ville jusqu'à une station d'autobus. De l'autre côté de la rue, je vis un vieux Noir assis sur le pas d'une porte. J'allai m'asseoir près de lui. Nous parlâmes de choses et d'autres. Il me confia qu'il prêchait à une petite mission non loin de là. Je lui demandai où je pourrais trouver une chambre pour la nuit. Il se rapprocha de moi et, sous le réverbère, me scruta à travers les verres épais de ses lunettes. Après m'avoir demandé si j'étais un « homme convenable », il me proposa de partager son logement. Il occupait les deux pièces du devant de la maison où vivaient sa fille et sa famille.

Nous achetâmes des hamburgers pour dîner et

nous les mangeâmes dans l'autobus qui nous ramena chez lui.

Ce n'est pas somptueux, mais vous êtes le bienvenu », m'annonça-t-il en ouvrant la porte et en allumant. Dans les deux pièces il n'y avait qu'un piano droit, une chaise, une petite table et un lit pour deux personnes. Son hospitalité était simple et directe. Sans s'excuser, il ramassa des vêtements sales et de vieux journaux. Ensuite, pendant que je déballais mon sac de voyage, il sortit pour aller prendre un grand baquet en métal. Refusant mon aide, il le remplit avec des seaux d'eau qu'il allait chercher derrière la maison. Il m'offrit de prendre un bain, mais, voyant comme c'était compliqué d'amener l'eau, je refusai.

Pendant qu'il se baignait, je m'assis sur le lit dans l'autre pièce et je pris des notes. Les murs avaient été recouverts d'étamine mais n'avaient jamais été tapissés de papier. A travers la trame on voyait des planches grises. Au-dessus du lit, il avait accroché une image d'un calendrier représentant « Jésus au Temple ». Punaisées au chambranle de la porte, il y avait des photos de sa famille. Ses vêtements de rechange pendaient à des clous plantés dans le mur. Le plancher n'était recouvert que près du lit par une descente de bain neuve, en tissu éponge beige.

En dépit de sa pauvreté, la pièce avait une sorte de luminosité dans son dénuement. Contrairement à la plupart des Noirs, mon hôte n'utilisait pas des ampoules électriques économiques à faible voltage. Il éclairait sa chambre a giorno. J'entendis ses pas et l'eau qui s'égouttait par terre tandis qu'il sortait de son bain.

Je restai assis jusqu'à ce qu'il se mît à traîner la bassine à travers la pièce. Lorsque j'entrai pour l'aider, il n'était vêtu que d'un pantalon kaki tout fripé. Nous transportâmes le baquet dehors et nous le vidâmes sous un arbre dans la cour.

Après nous être déshabillés, nous nous apprêtâmes à nous coucher en sous-vêtements. Il sortit une petite Bible noire de la poche de sa veste et sans fausse pudeur il l'embrassa avant de la mettre sur le coin de la table. Il n'y avait rien d'autre à lire qu'un roman policier coincé entre deux presse-livres chinois sur le haut du piano.

Il attendit que je me glisse dans le lit pour éteindre la lumière. J'entendis ses pieds nus par terre et je sentis le poids de son corps dans le lit tandis qu'il s'installait à côté de moi. Un instant après, il se levait de nouveau. Bien que la nuit fût froide, il ouvrit la porte d'entrée afin d'avoir de l'air frais. Dans le lointain, une radio faisait entendre une désolante musique de danse.

« Voulez-vous parler ou dormir ? » me demanda-t-il, lorsqu'il eut regagné le lit. Sa voix me sembla étrangement proche dans le noir, après m'être accoutumé à la musique de la radio dehors.

« Parlons un peu », décidai-je, déprimé par la nuit et la pauvreté qui imprégnait la chambre.

Mais la conversation dissipa la mélancolie. Il se délectait à parler du Seigneur. Nous étions là, étendus dans l'obscurité, sous nos couvertures, nos voix se répercutant contre les murs dénudés ; et nous riions et nous nous en donnions à cœur joie à parler des miracles. C'était l'émerveillement de la résurrection de Lazare.

« Ça se passe pas tous les jours, hein, Mr. Griffin ? dit-il en me donnant un coup de coude. Est-ce que vous n'auriez pas aimé être là pour voir leur tête quand le mort s'est levé ? » Il éclata de rire. « Après avoir été mort *quatre jours entiers.* Seigneur tout-puissant ! »

Nous parlâmes ensuite du Sud. Il avait envoyé deux de ses fils faire leur droit. Ils ne devaient plus revenir. « Si j'avais prévu, il y a dix ans, la situation actuelle, je serais parti également. Maintenant je suis trop vieux. En outre, j'ai ici mes filles et mes petits-enfants.

— Mais vos fils reviendront sûrement vous voir.

— Je ne le désire pas. Ils reviendront pour mon enterrement. C'est ce qu'il y a de pire dans ce cauchemar. Si les jeunes veulent une vie décente, ils doivent aller ailleurs. Toutes les familles se disloquent. C'est ça qui est scandaleux. »

Nous parlâmes des Blancs. « Ils sont enfants de Dieu, tout comme nous, dit-il. Même s'ils n'agissent plus beaucoup selon la loi divine. Dieu nous le dit nettement — nous devons les aimer, pas de *si,* de *et* ni de *mais.* Voyons, si nous les détestions, nous nous rabaisserions à leur niveau. Il y a un grand nombre d'entre nous qui en sont là, d'ailleurs.

— Beaucoup de gens à qui j'ai parlé estiment que nous avons suffisamment tendu l'autre joue, dis-je.

— Et cependant, on n'échappe pas à la vérité, fit-il remarquer. Si l'on cessait de les aimer, c'est alors qu'ils seraient les vainqueurs.

— Comment cela ?

— Ils auraient achevé la destruction de notre race, d'une manière certaine. Ils nous auraient fait toucher le fond.

— Doit-on simplement les laisser continuer ?

— Non... nous ne le devons plus. Nous devons parvenir à nos fins par des moyens équitables. Et essayer de comprendre que, pour eux aussi, il est difficile d'abandonner les habitudes ancestrales. Nous avons une quantité de vieux « oncles Tom » qui ne veulent pas plus que les Blancs voir un changement. Donnez-leur deux dollars et ils achèteront la corde pour nous pendre tous. Ils sont l'opprobre de notre race. Et puis il y a beaucoup de jeunes présomptueux qui ne songent qu'à prendre leur revanche sur les Blancs... Ils sont pleins de haine et d'agressivité et c'est une honte. Ils sont des Judas tout autant que les " oncles Tom ". »

Comme toujours, la conversation finit en queue de poisson avec « Tout cela n'a pas de sens ».

Le 21 novembre.

Trois jours à Mobile. Je les passai à déambuler dans la ville, à la recherche d'un travail, et puis chaque soir je retrouvais mon hôte en face de l'arrêt d'autobus et nous allions dormir chez lui.

Une fois de plus, une grande partie de ma vie quotidienne se passait à chercher des choses fondamentalement nécessaires acquises une fois pour toutes pour les Blancs, un endroit pour manger ou boire, un cabinet, et où se laver les mains. Il m'est arrivé plus d'une fois d'entrer dans des drugstores où les Noirs peuvent acheter des cigarettes ou n'importe quoi, sauf de la boisson. Je leur demandais poliment où je pourrais avoir un verre d'eau. Bien qu'ils eussent de l'eau à moins de trois mètres, ils m'indiquaient le plus proche café pour Noirs. Leur eussé-je demandé directement à boire, peut-être m'en auraient-ils donné. Mais je ne le leur demandai point. Les Noirs craignent les refus, et j'attendais qu'ils me l'offrissent spontanément. Pas un seul ne le fit jamais. Où que l'on soit, le plus proche restaurant pour Noirs semble très éloigné. J'appris à manger en grande quantité quand c'était possible, parce que cela pouvait ne plus être possible quand mon ventre crierait famine. On m'a dit que beaucoup de personnages noirs importants, obligés de venir dans le Sud pour les besoins de leur carrière, rencontrent les mêmes difficulés. Toutes les distinctions honorifiques du monde ne leur donnent pas le droit de se payer une tasse de café dans une gargote de bas étage. Ce n'est pas qu'ils soient obsédés par le désir d'être servis dans un restaurant de Blancs plutôt que dans les leurs, c'est simplement que dans beaucoup de régions où la population est clairsemée il n'y a pas de restaurants pour Noirs ; et même dans de grandes agglomérations il faut parfois traverser la ville pour un verre d'eau. Rien n'est plus irritant, aussi, d'être incité à acheter tout ce dont on a besoin dans les magasins des Blancs et de se voir refuser une boisson ou l'utilisation des toilettes.

Non, cela ne rime à rien, mais en ce qui concerne les Noirs tout ne rime à rien. On me fit bien des fois sentir cela dans d'autres domaines lorsque je cherchais du travail.

Le contremaître d'une usine à Mobile, une grande brute, m'autorisa à lui exposer mes aptitudes. Il me regarda ensuite droit dans la figure et me parla en ces termes.

« Non, vous ne trouverez pas ici ce que vous cherchez. » Son ton de voix n'était pas malveillant. C'était ce ton impersonnel que j'ai souvent entendu. Décidé à trouver un joint, j'insistai : « Mais si je faisais mon travail mieux qu'un Blanc tout en étant moins payé…

— Je vais vous dire : nous ne voulons pas de gens de votre espèce. Est-ce que je me fais bien comprendre ?

— Je sais, répondis-je tristement. Vous ne pouvez pas reprocher à un homme de tenter sa chance, au moins.

— Pas la peine d'essayer ici, dit-il. Petit à petit nous vous éjecterons des meilleures places de cette usine. Nous prendrons notre temps, mais nous y arriverons. Très bientôt le seul travail que vous pourrez obtenir ici sera ce dont aucun homme blanc ne voudra.

— Comment pourrons-nous vivre ? demandai-je

avec désespoir, en me gardant d'avoir l'air revendicateur.

— C'est justement là toute la question, m'expliqua-t-il, en me regardant franchement droit dans les yeux, mais avec une sorte de vague sympathie, comme s'il regrettait d'avoir à poursuivre. Nous allons faire tout notre possible pour vous chasser tous de l'État. »

En dépit de sa franchise et de ses desseins impitoyables, j'eus néanmoins l'impression qu'il me disait : « Je le regrette. Je n'ai rien contre vous personnellement, mais vous êtes un homme de couleur, et avec tout ce battage sur l'égalité, nous ne voulons plus de vous ici. La seule façon de vous barrer l'accès de nos écoles et de nos restaurants est de vous rendre la vie si difficile que vous aurez déguerpi avec l'enfer à vos trousses avant l'instauration de l'égalité. »

Je me trouvai souvent dans des prises de position de ce genre. Beaucoup d'hommes et de femmes, au demeurant de braves gens par ailleurs, n'envisagent pas d'autre solution. Ils sont prêts à commettre des indignités pour empêcher le manœuvre d'améliorer sa condition ou, disons-le carrément, pour l'empêcher d'avoir « gain de cause », même si ce qu'il veut gagner devrait lui revenir de droit.

L'après-midi, je marchai dans les rues de Mobile. J'avais connu la ville autrefois dans ma jeunesse, lorsque je m'étais embarqué de là pour la France. Je l'avais vue alors sous l'angle privilégié d'un Blanc. Elle m'avait donné l'impression d'un magnifique port du Sud, tranquille et plein de charme. J'avais vu les dockers noirs, le torse nu, leurs corps luisants de sueur sous leurs fardeaux. J'avais été frappé de compassion pour ces hommes qui avaient l'air de bêtes de somme. Mais j'avais chassé cette image, admettant que cela faisait partie de l'ordre naturel des choses. Les Blancs du Sud, je le savais, étaient bons et pleins de sagesse. S'ils toléraient cette situation, c'est qu'elle était sûrement juste. Maintenant, passant dans les mêmes rues en tant que Noir, je ne trouvais pas trace du Mobile que j'avais connu auparavant, rien qui me fût familier. Les manœuvres stagnaient toujours dans leur existence de bovidés, mais l'habitant du Sud, plein de bienveillance, de sagesse et de bonté, s'était éclipsé. Je savais que j'aurais retrouvé sans peine cette image réservée au Blanc si j'avais retrouvé ma propre condition. Ce n'est pas une image fausse ; elle est simplement différente de celle qu'ont les Noirs. Ils voient cet homme du Sud aux mobiles impératifs qui veut les éjecter tous, sauf les bêtes de somme.

J'en tirai la conclusion qu'une ambiance est, comme toute chose, complètement différente pour les Noirs et pour les Blancs. Le Noir voit et réagit différemment non parce qu'il est Noir, mais parce qu'il est opprimé. La crainte obscurcit même la lumière du soleil.

Le 24 novembre.

J'allai, en faisant de l'auto-stop, jusqu'aux régions marécageuses entre Mobile et Montgomery. Une journée magnifique pleine de douceur.

Je fis quelques kilomètres à pied jusqu'à ce qu'un homme à la forte carrure et à l'air avenant arrêtât sa camionnette et me dît de grimper dedans. Lorsque j'ouvris la portière, je vis un fusil de chasse appuyé contre le siège à côté de son genou. Je me rappelai que dans certains milieux de l'Alabama la chasse au « Nègre » est considérée comme un sport et je fis marche arrière.

« Venez donc, dit-il en riant, ça c'est pour chasser le daim. »

Je regardai à nouveau sa mine florissante et, constatant qu'il avait un aspect rassurant, je grimpai sur le siège en cuir à côté de lui.

« Avez-vous eu de la chance pour le transport dans cette région ? demanda-t-il.

— Non, monsieur. Vous êtes le premier depuis Mobile. »

J'appris qu'il était marié, âgé de cinquante-cinq ans, avec des enfants adultes, et grand-père de deux petits-enfants. Par sa façon de s'exprimer, on voyait que c'était certainement une personnalité dirigeante et un membre respecté du milieu auquel il appartenait. Je commençai à espérer que j'avais rencontré un bon type de Blanc.

« Vous êtes marié ? me demanda-t-il.

— Oui, monsieur.
— Des enfants ?
— Oui, monsieur — trois.
— Vous avez une jolie femme ?
— Oui, monsieur. »

Il attendit un moment et puis, avec légèreté, une indulgence paternelle : « Est-ce qu'elle a déjà été sautée par un homme blanc ? »

Je contemplai mes mains noires, mon alliance en or, et murmurai une réponse inintelligible, avec l'espoir qu'il sentirait ma réticence. Il ne tint pas compte de mes sentiments et la conversation prit un tour libidineux. Il me dit à quel point les filles de couleur étaient convoitées par les hommes blancs de la région. Lui-même en employait beaucoup, à la fois chez lui comme domestiques et dans ses affaires. « Et je vous garantis que pas une n'a touché son salaire avant que je ne sois passé dessus. » Une pause. Le silence planait au-dessus du bourdonnement des pneus sur le macadam brûlant. « Qu'est-ce que vous pensez de cela ?

— Sûrement, il doit y en avoir qui refusent, insinuai-je avec circonspection.

— Pas si elles veulent manger — ou nourrir leurs gosses, ricana-t-il. Si elles ne marchent pas, je ne les embauche pas. »

Je regardai par la fenêtre les grands pins qui bordaient les deux côtés de la grand-route. Leur parfum de résine se mêlait à l'odeur de savon des habits de chasse de l'homme.

« Vous trouvez cela affreux, n'est-ce pas ? » demanda-t-il.

Je savais que j'aurais dû rire et répondre : « Mais non, c'est tout naturel », ou une quelconque remarque désarmante afin de ne pas le contrarier.

« Ne trouvez-vous pas ? insista-t-il d'un ton amène.

— Je pense que oui.

— Mais que diable, tout le monde en fait autant. Ne le savez-vous pas ?

— Non, monsieur.

— Eh bien, ils le font bougrement. Nous pensons vous faire une faveur en mettant un peu de sang blanc dans vos gosses. »

Je fus frappé, comme tous les Noirs, par l'absurdité de cette hypocrisie. Mais il est bon de s'en souvenir lorsqu'on entend un homme blanc évoquer la carence de moralité des Noirs, ou parler avec horreur de métissage et avec passion de pureté raciale. Le métissage est déjà un état de fait répandu dans le Sud — seuls les Blancs ont contribué à ce style de vie. Leur profond souci de la « pureté raciale » ne s'étend manifestement pas à toutes les races[1].

Cet aspect de la vie du Sud n'a pas été détecté par les journalistes car, comme me disait mon compagnon : « Les Négresses de l'Alabama ont ça de bon

1. Je rencontrai par la suite beaucoup de Blancs qui admirent ouvertement les habitudes décrites par mon compagnon. Pour être juste, cependant, d'autres habitants du Sud les désapprouvaient et prétendaient qu'elles n'étaient pas aussi courantes que mes informateurs le suggéraient. Aucun ne nia qu'elles étaient largement répandues.

— elles n'iront jamais trouver la police ou vous dénoncer. »

On sait ce qui se serait passé en pareille éventualité.

Comme je le craignais, mon manque de « coopération » irrita l'automobiliste. Il prit, à juste titre, mon silence pour de la désapprobation.

« D'où êtes-vous ? me demanda-t-il.

— Texas.

— Qu'est-ce que vous faites par ici ?

— Simplement une tournée à la recherche d'un emploi.

— Vous n'êtes pas venu ici pour créer de l'agitation, n'est-ce pas ?

— Oh Dieu, non !

— Si vous essayez d'exciter ces Nègres, je vous fiche mon billet que nous saurons quoi faire de vous !

— Ce n'est pas mon intention.

— Savez-vous ce que nous faisons ici des fomenteurs de troubles ?

— Non, monsieur.

— Ou nous les fourrons en taule ou nous les tuons. »

Il parlait d'une façon froide, implacable, qui me révolta. Je le regardai. Ses honnêtes yeux bleus avaient viré au jaune. Je compris que rien ne l'inciterait à la pitié une fois sa décision prise de « donner une leçon » à un Noir. Cette férocité me terrifia. Elle en était arrivée à l'embraser comme un désir. Il l'attisa, sa voix fondant de plaisir et de cruauté. La grand-route déroulait son étendue déserte à travers les forêts marécageuses. Il indiqua de la tête le mur épais de fourrés qui défilait devant nos vitres.

« On peut tuer un Nègre et le larguer dans ces marécages, et personne ne saura jamais ce qui lui est arrivé.

— Oui, monsieur... »

Je me contraignis au silence, à m'imaginer cet homme jouant d'autres rôles. Je le vis s'amusant avec ses petits-enfants, à l'église debout tenant un recueil de cantiques ouvert, le matin avant de s'habiller buvant une tasse de café, puis se rasant et parlant tranquillement avec sa femme de mille riens, échangeant des visites avec des amis, le dimanche après-midi, sous leurs vérandas. Tel était l'homme que je m'étais imaginé lorsque je grimpai dans la camionnette. Il était le prototype de l'Américain sympathique et estimable. Mais là, c'est le côté viscéral qui réside au fond de chaque être, corrompu, glacé, impitoyable : c'est la volupté de faire mal ou peur grâce à son propre pouvoir. Il ne s'était sûrement jamais montré sous ce jour, même à sa femme ou à ses amis les plus intimes. C'était un aspect qu'il ne révélait qu'à ses victimes ou à ses complices. Quant au reste — ce qu'il était réellement comme mari, père attentionné et membre respecté d'une société — je devais le reconstituer avec mon imagination. Il me montrait son côté le plus vil, à moi de suppléer le côté le plus noble.

Il s'efforçait de retrouver la maîtrise de lui-même, lorsqu'il quitta la grand-route pour s'arrêter dans un chemin de traverse qui s'engageait dans la forêt. Nous avions soutenu un combat subtil dont il venait seulement de prendre conscience. Il voulait en tirer quelque chose. « Je tourne ici. Je pense que vous voulez continuer sur la grand-route. » Je le remerciai et j'ouvris la portière. Avant que je pusse descendre, il reprit la parole. « Je vais vous dire comment cela se passe ici. Nous faisons des affaires avec vous autres. Et aussi sûr que deux et deux font quatre, nous enfilons vos femmes. En dehors de quoi, nous vous considérons simplement comme inexistants. Et le plus tôt vous vous serez fourré ça dans la tête, le mieux cela vaudra pour vous.

— Oui, monsieur... » Je descendis et refermai la portière. Il engagea sa voiture dans le chemin de traverse en faisant jaillir le fin gravier sous ses roues. J'écoutai jusqu'à ce que sa camionnette fût hors de portée de mon oreille. L'air lourd du soir, chargé des décompositions marécageuses, avait une odeur pénétrante. Je traversai la grand-route, je m'assis sur mon sac et attendis une autre voiture. Il n'en vint pas. Les bois n'exhalaient pas le moindre son. Je me sentais étrangement en sécurité, isolé, seul dans la tranquillité du crépuscule qui devenait nuit. Les premières étoiles apparaissaient dans le ciel encore pâle qui s'obscurcissait et la chaleur de la terre montait du sol en vapeur.

Ma bouche était desséchée et mon estomac se mit à crier famine. Je réalisai que je n'avais ni mangé ni bu de la journée. Le froid me tomba dessus tout d'un coup. Je me levai et me mis à marcher dans le noir sur les bas-côtés de la grand-route. Mieux valait marcher que geler. Mes sacs me pesaient sur les bras et je savais que je ne pourrais pas continuer longtemps sans nourriture et sans repos.

Je m'étonnais qu'il y eût si peu de circulation sur les grands-routes de l'Alabama. Il ne passait pas de voitures. Le bruit de mes pas sur le gravier des bas-côtés se répercutait contre le mur d'arbres et de fourrés.

Au bout d'un moment, je vis le scintillement d'une lumière à travers le feuillage. Je me hâtai de dépasser le tournant de la route jusqu'à ce que j'aperçusse en haut de la côte un poste à essence isolé. Lorsque j'arrivai à sa hauteur, je restai quelques instants de l'autre côté de la route à observer. Un couple de Blancs d'un certain âge était assis à l'intérieur, environné d'étagères d'épicerie et d'accessoires d'automobile, de machines à distribuer des boissons non alcoolisées et des cigarettes. Ils avaient l'air bons, tranquilles, et à l'avance je formulai les termes que j'emploierais pour apaiser la peur qu'ils pourraient éprouver à la vue d'un grand Noir surgissant dans la nuit et pour les persuader de me vendre de la nourriture et une boisson. Peut-être pourrais-je même leur demander de me laisser passer la nuit à dormir là, par terre.

La femme me vit avancer dans la lumière des lanternes allumées du poste à essence. Je sifflai pour les avertir de ma présence. Elle vint à ma rencontre jusqu'à la porte. Lorsqu'elle l'ouvrit, je sentis une bouffée d'air chaud et j'entendis de la musique folklorique. Je vis à travers la vitre l'homme assis sur une chaise, son oreille collée à une petite radio.

« Excusez-moi, madame, dis-je en saluant profondément, je vais à Montgomery. J'ai fini par échouer sur la grand-route et je ne parviens pas à trouver un transport. Pourrai-je m'acheter quelque chose à manger et à boire ? »

Elle me scruta avec méfiance, ses yeux durs enchâssés dans un réseau de rides.

« Nous allions fermer, répondit-elle, et elle s'apprêta à repousser la porte.

— S'il vous plaît, suppliai-je, avec une lassitude profonde qui n'avait pas besoin d'être simulée. Je n'ai rien mangé ni bu de la journée. »

Je voyais qu'elle hésitait, sa méfiance et son antagonisme en lutte avec son instinct de simple politesse. Elle avait manifestement envie de refuser. Elle avait aussi indéniablement peur, pas seulement de moi mais d'être vue en train de me servir, par un client éventuel. Mais je me souvins des déclarations de l'automobiliste : « Nous faisons des affaires avec vous. »

J'attendis. La nuit était froide, la campagne solitaire. Même les animaux avaient besoin de manger et boire.

« Bon, eh bien, je suppose que ça va », dit-elle avec dépit. Elle retourna dans la pièce. J'entrai et refermai la porte. Aucun des deux ne parla. Le vieil homme me jeta un coup d'œil par en dessous, avec son visage maigre et ridé sans expression.

J'achetai de l'orangeade et un paquet de biscuits.

L'atmosphère était tellement hostile que je ressortis pour aller boire dehors en un point où ils pouvaient me surveiller. Quand j'eus fini, je leur rendis la bouteille vide et j'en achetai vite une autre. Il y avait peu de denrées comestibles que je pusse effectivement parvenir à manger. Les deux seules boîtes de sardines n'avaient pas de clef pour les ouvrir et lorsque je demandai au propriétaire s'il avait un ouvre-boîte, il regarda par terre en secouant la tête négativement. J'achetai une tarte, une miche de pain et cinq tablettes de chocolat.

La femme était debout devant le radiateur à gaz, en train d'extirper la crasse de l'ongle de son pouce avec le médius de l'autre main. Lorsque je murmurai un remerciement, elle était tellement absorbée par ce qu'elle faisait que mon départ eut pour seul effet de la rendre encore plus attentive à sa tâche. L'homme fourra l'argent dans la poche de sa chemise.

Je repris ma marche sur la grand-route, dans l'obscurité, portant mes deux sacs de la main gauche et avec la droite mangeant une insipide tarte à l'ananas.

Je perçus derrière moi un lointain ronronnement. Je me retournai et vis une lueur à l'horizon. Elle s'amplifia et des phares balayèrent la route. Bien que plein d'appréhension de me retrouver en voiture avec un autre homme blanc, je craignais davantage encore de rester toute la nuit dehors. Me mettant au milieu de la route, j'agitai les bras. Une vieille voiture délabrée freina et je me précipitai. A mon grand soulagement, les lumières du tableau de bord éclairèrent le visage d'un jeune Noir.

Mon problème fut débattu. Il me dit qu'il vivait dans les bois, mais qu'il avait six enfants et seulement deux pièces. Il n'avait même pas un lit à m'offrir. Je lui demandai s'il n'y aurait pas une autre maison dans les environs où je pourrais louer un lit. Il me répondit qu'il n'y aurait rien de plus ou de moins bien que chez lui. Quoi qu'il en fût, nous ne trouvions pas d'autre solution.

« Vous ne pouvez pas passer la nuit où vous êtes. Si ça vous est égal de dormir par terre, vous êtes le bienvenu chez moi, trancha-t-il finalement.

— Ça m'est égal de dormir par terre, simplement je ne voudrais pas vous créer des complications. »

Tout en conduisant sa voiture dans un chemin forestier, il m'expliqua qu'il travaillait dans une scierie et qu'il n'arrivait pas à gagner suffisamment pour joindre les deux bouts. Chaque fois qu'il venait régler ses dépenses au magasin, ses dettes étaient toujours plus élevées que le montant du chèque qu'il apportait. C'était la même chose pour tout le monde, dit-il ; et effectivement, je l'avais constaté au cours de mon voyage. Une partie de la stratégie des Blancs du Sud est d'arriver à ce que les Noirs soient dans les dettes jusqu'au cou et de les empêcher d'en sortir.

« C'est dur, n'est-ce pas ? demandai-je.

— Oui, mais il ne faut pas s'y arrêter, répondit-il vivement. C'est ce que je dis aux hommes de la scierie. Il y en a qui volontiers resteraient les bras croisés. Je leur dis : O.K., alors vous êtes prêts à tout abandonner parce que vous ne pouvez pas mettre du beurre sur votre pain. Ce n'est pas une façon d'agir. Allez-y et mangez le pain — mais travaillez et peut-être qu'un jour nous aurons du beurre à mettre dessus. Je leur dis qu'en tout cas il n'y a pas d'autre moyen pour nous d'en avoir. »

Je lui demandai s'ils ne pouvaient pas se grouper avec d'autres et se mettre en grève pour obtenir une hausse de salaire. Il rit, franchement amusé.

« Savez-vous combien de temps nous tiendrions, en faisant quelque chose de ce genre ?

— Eh bien, si tous ensemble vous vous serriez les coudes, ils ne pourraient tout de même pas vous tuer tous.

— Ils sont bien capables d'essayer, grogna-t-il. De toute façon, pendant combien de temps pourrais-je nourrir mes gosses ? Il n'y a pas plus de deux magasins à trente kilomètres à la ronde. Ils couperaient le crédit et refuseraient de nous vendre quoi que ce soit. Sans rentrées d'argent, aucun de nous ne pourrait vivre. »

Il quitta le chemin et prit un layon bourbeux qui menait jusqu'à un tertre à travers d'épaisses broussailles. Les phares éclairèrent une cabane en bois délavé, dont les fondements étaient étayés par une pancarte-réclame rouillée du Docteur Pepper[1]. A part des voix d'enfants, il régnait un profond silence. La femme de mon compagnon vint sur le pas de la porte, et sa silhouette se découpait sur la pâle

1. Marque de boisson non alcoolisée.

lumière de la lampe à pétrole. Il nous présenta l'un à l'autre. Bien qu'elle me parût embarrassée, elle me pria d'entrer. Le babillage assourdi des enfants se transforma en clameurs de bienvenue. Ils s'échelonnaient de quatre mois à neuf ans. Ma visite les transportait de joie. Il fallait célébrer cet événement. Nous décidâmes que ce serait une fête.

Le dîner était préparé sur une table boiteuse. Il consistait en un plat unique de flageolets cuits à l'eau. La mère prépara une purée de flageolets et du lait en conserve pour le bébé. Je me rappelai le pain et ce fut ma quote-part au repas. Aucun des parents ne s'excusa de la parcimonie de la nourriture. On se servait dans des assiettes en plastique posées sur la table et on s'asseyait où l'on trouvait de la place, les enfants par terre avec un journal en guise de nappe.

Je les félicitai de leur magnifique famille. La mère me répondit que dans ce domaine ils étaient vraiment privilégiés. « Nos enfants sont tous bien portants. Quand on pense à tous ces gens dont les leurs sont infirmes, ou aveugles, ou anormaux, on peut rendre grâces à Dieu. » Je fis l'éloge de leurs enfants jusqu'à ce que le visage fatigué du père s'animât de fierté. Il les regardait comme d'autres contemplent un tableau rare ou une pierre précieuse.

Alors, dans ces deux pièces, faiblement éclairées par la pâle lumière de deux lampes à pétrole, l'atmosphère changea. Le monde et les valeurs extérieures disparurent. Ils étaient au-delà, quelque part dans l'immensité obscure. Ici, à l'intérieur, nous avions tout ce qui pouvait nous rendre heureux. Nous étions à l'abri, nous avions de la nourriture, la présence, les regards et la tendresse d'enfants qui ignoraient encore tout de la vie. Et, de plus, nous avions des friandises. Nous divisâmes les tablettes de chocolat en petits morceaux pour le dessert. Dans ce décor vide, ces carrés de chocolat représentaient un don inestimable. Les enfants les dévorèrent avec un enthousiasme presque délirant. Une des plus petites filles saliva tellement que le chocolat dégoulinait comme du sirop du coin de sa bouche. Sa mère l'essuya du bout du doigt et, sans y prendre garde (quels désirs refoulés cela impliquait-il ?), le lécha ensuite.

Après le dîner, je sortis avec mon hôte pour l'aider à chercher de l'eau dans une sorte de puits à la margelle de guingois. Dans toute sa plénitude, la lune brillait au-dessus des arbres et la froidure transperçait comme si cet éclat lui donnait une force nouvelle. Nous marchâmes avec précaution, à cause des serpents, dans un sentier à peine tracé, jusqu'au pied des arbres pour aller uriner. Le paysage saupoudré de poussière lunaire exhalait son bruissement nocturne, son odeur marécageuse de truffes. Dans le lointain, on entendit pleurer le bébé. J'écoutai le crépitement assourdi que nous faisions en vidant nos vessies sur le terreau humide. Une image me revint — l'enfant que je fus, en train de lire *Strange Fruit,* de Lilian Smith, avec sa description du petit garçon noir s'arrêtant pour pisser dans un chemin isolé. Aujourd'hui, des années plus tard, j'étais dans un rôle que les échafaudages les plus insensés de mon imagination n'avaient pas prévu. Je me sentis plus profondément et totalement Nègre que jamais et je compris la solitude insondable que cela impliquait. Il y avait une rupture complète entre le garçon blanc lisant un livre sur les Noirs bien à l'abri dans son salon de Blanc et un vieux Nègre dans les marécages de l'Alabama, dont l'existence était déniée par les hommes, mais réaffirmée par la nature, dans ses fonctions et dans ses affections.

« O.K. ? » interrogea mon ami comme nous revenions. Un rayon de lune accrocha ses pommettes saillantes, laissant dans l'ombre le creux de ses joues.

« O.K. », affirmai-je.

La maison, de traviole, nous surplombait, une pâle lumière aux fenêtres. Je pouvais entendre les commentaires des Blancs. « Regardez-moi cette baraque. Ils vivent comme des animaux. S'ils voulaient quelque chose de mieux, ils pourraient l'avoir. Et ils veulent être admis par nous ? Ils *aiment* vivre dans ces conditions. Si on leur imposait un niveau de vie plus élevé, ils seraient tout aussi malheureux que nous le serions si on nous rabaissait au leur. »

Je fis part de cela à mon hôte. « Mais nous ne pouvons pas arriver à faire mieux, protesta-t-il. C'est pour cela que nous travaillons... essayer d'améliorer la vie de nos enfants et la nôtre.

— Votre femme n'a pas l'air de bouder la tâche, fis-je remarquer.

— Non, c'est une femme en or. Et vous savez, s'il n'y a pas de viande avec les flageolets, eh bien, elle ne s'en fera pas et cuira les flageolets tels quels. » Il dit cela avec une emphase qui soulignait la grandeur de l'attitude de sa femme.

Nous plaçâmes des seaux d'eau sur le fourneau à bois en fonte de la cuisine afin d'avoir de l'eau chaude pour nous laver et nous raser. Nous retournâmes ensuite dehors pour remplir le coffre à bois.

« Y a-t-il réellement beaucoup d'alligators dans ces marécages ? demandai-je.

— Oh ! Dieu oui, ça fourmille par ici.

— Pourquoi n'en tuez-vous pas quelques-uns ? Leurs queues sont comestibles. Je pourrais vous montrer comment. Dans l'armée, j'ai suivi des cours d'opérations militaires dans la jungle.

— Oh ! cela n'est pas possible, dit-il. Ils nous collent une amende de cent dollars si nous tuons un alligator[1]. Je vous dis, et il rit avec amertume, toutes les issues sont bouchées. Il n'y a pas moyen de s'en tirer dans cet État.

— Mais les enfants ? demandai-je. N'avez-vous pas peur que les alligators en mangent un ?

— Non... dit-il d'un air morne, les alligators préfèrent les tortues.

— Ils doivent avoir aussi du sang de Blanc dans les veines », m'entendis-je prononcer.

Son rire dépourvu d'enthousiasme trancha dans l'air froid. « Tant qu'ils trouvent des tortues pour se remplir la panse, il n'y a pas de danger pour

1. Cette amende semble être une mesure de protection des alligators et un moyen de limiter les tortues, et non pas une brimade contre les Noirs, bien qu'il y en ait peu qui le réalisent.

nous. De toute façon nous gardons les gosses près de la maison. »

Tandis que nous revenions vers la cuisine, les échos de l'agitation allègre et tapageuse d'enfants sur le point de se coucher nous parvenaient. Il était impossible de pratiquer les lois élémentaires de la décence dans un espace aussi restreint, en fait cela eût semblé ridicule dans un pareil cadre. La mère baignait les enfants pendant que son mari et moi-même nous nous rasions. Chacun des enfants alla au cabinet, un seau de zinc dans un coin, car il faisait trop froid pour qu'ils sortent.

Ils étaient d'une politesse exquise à mon égard. Tandis que nous étendions par terre des sacs de jute et que nous mettions des bâches au-dessus, les enfants me posaient des questions sur les miens. Allaient-ils à l'école ? Non, ils étaient trop jeunes. Quel âge avaient-ils ? Mais c'est aujourd'hui que ma fille avait cinq ans ! Aurait-elle un goûter d'anniversaire ? Oui, sûrement il y aurait des festivités. Excitation. Comme nous venons d'avoir ici, avec des bonbons et tout ? Oui, quelque chose du même genre.

Mais l'heure était venue de se coucher, de mettre fin aux questions. Ils restèrent plongés dans l'enchantement, quasi intolérable pour moi, des enfants transportés de joie à l'idée que ma fille avait une fête. Les parents apportèrent des édredons de dessous le lit de la pièce voisine et les étendirent sur les paillasses. Les enfants embrassèrent leurs parents et voulurent ensuite embrasser Mr. Griffin. Je m'assis sur une chaise de cuisine et je leur tendis les bras. Un à un ils vinrent, fleurant le savon et l'enfance. Un à un ils mirent leurs bras autour de mon cou et posèrent leurs lèvres sur les miennes. Un à un, avec un petit rire étouffé, ils me dirent : « Bonsoir, Mr. Griffin. »

Je les enjambai pour atteindre mon grabat près de la porte de la cuisine et je m'étendis tout habillé. Avertissant les enfants qu'il ne voulait plus entendre un mot, le père prit la lampe à pétrole et l'emporta dans la chambre à coucher des parents. Par l'ouverture sans porte, je vis la lumière vaciller contre les murs. Aucun des deux ne parla. Je les entendis se déshabiller. La lampe fut éteinte et un moment après les ressorts de leur lit grincèrent.

La fatigue m'envahit, provoquant une bouffée de reconnaissance pour mon lit en sac de jute. Je luttai contre la vision momentanée du goûter d'anniversaire de ma fille contrastant avec la fête que nous avions eue ici ce soir.

« Si vous avez besoin de quelque chose, Mr. Griffin, vous n'avez qu'à appeler, dit l'homme.

— Merci. Sûrement. Bonsoir.

— Bonsoir, firent les enfants, leurs voix s'élevant dans l'obscurité.

— Bonsoir, encore.

— Bonsoir, Mr. Griffin.

— Ça suffit », menaça le père.

Je restai là étendu, regardant les rayons de lune qui s'infiltraient par les fentes de la porte mal ajustée tandis qu'ils sombraient tous dans le sommeil. Les moustiques vrombissaient bruyamment au point de faire vibrer toute la pièce. Je me demandai comment il pouvait y en avoir par une nuit si froide. Dans leur sommeil les enfants sursautaient, signe qu'ils avaient été piqués. Petit à petit le fourneau refroidit, émettant d'imperceptibles résonances. Des parfums de nuit, d'automne et de marécage vinrent se mêler à l'odeur d'enfants, de pétrole, de flageolets refroidis, d'urine et d'exhalaisons de cendre de pin. La pourriture et la fraîcheur s'alliaient en une étrange combinaison — le relent de la pauvreté. Je connus un instant la joie intime et subtile de la misère.

Et pourtant la misère est un fardeau, le fardeau prédominant, écrasant. Je compris pourquoi ils avaient tant d'enfants. Cette heure de la nuit, lorsqu'ils étaient environnés par les marécages et l'obscurité, évoquait pour eux une profonde solitude, une angoisse, l'impression d'être exilés du reste de l'humanité. Quand un homme prend conscience de cela, ou il éclate de désespoir ou il se tourne vers sa femme et s'y cramponne, pour la consoler et y puiser sa consolation. Leur union est une évasion momentanée des profondeurs marécageuses de la nuit, de la complète désespérance de leur situation sans perspective d'amélioration. C'est en fin de compte un acte tragique dans lequel les désespérés cherchent l'espoir.

Je pensais au courage de ces gens qui s'efforçaient d'élever leur famille dans la dignité, à leur reconnaissance qu'aucun de leurs enfants ne fût aveugle ou estropié, à leur empressement à partager leur nourriture et leur logement avec un inconnu — tout cela me confondait. Je quittai mon lit, à moitié gelé, et je sortis.

Un brouillard épais estompait la lune. Les arbres, masses fantasmagoriques, se dressaient dans la lumière diffuse. Je m'assis sur un baquet renversé et frémis en sentant sa froideur métallique transpercer mon pantalon.

Je pensai à ma fille Susie, à ce jour anniversaire de ses cinq ans, aux bougies, au gâteau, à sa belle robe ; et à mes fils dans leurs vêtements d'apparat. Ils étaient en train de dormir dans des lits propres, dans une maison chauffée, tandis que leur père, un vieux Nègre chauve, était assis dans un marécage et pleurait en se retenant pour ne pas réveiller des enfants noirs.

Je ressentis de nouveau les douces lèvres des petits Négrillons contre les miennes, me souhaitant bonne nuit avec les mêmes baisers que ceux de mes enfants. De nouveau je vis leurs grands yeux naïfs, encore ignorants des portes qui leur étaient closes — celles du pays des merveilles, de la sécurité, de la facilité et de l'espoir.

Cela me tomba dessus d'un seul coup. Je le compris non comme un Blanc, ni comme un Noir, mais comme un père de famille. Ces enfants étaient en tout point semblables aux miens, sauf le côté superficiel de leur coloration, comme, en vérité, ils ressemblaient à tous les enfants du monde. Et pourtant cet accident, ce détail sans importance, la pigmentation de la peau, les acculait à une condition inférieure. Je pris pleinement conscience de l'horreur de la chose lorsque je réalisai que si ma peau restait noire définitivement, mes propres enfants seraient condamnés sans rémission à cet avenir de flageolets.

Comment en concevoir toute l'atrocité si l'on n'a pas d'enfants sur qui l'on veille attentivement ? Et quels sentiments éprouverait-on si un groupe d'hommes venaient frapper à la porte pour annoncer qu'ils avaient décidé — pour des raisons personnelles — que désormais la vie de ces enfants serait limitée, leur horizon borné, leurs chances d'instruction restreintes, leur avenir menacé ?

On adopterait alors l'optique des parents noirs, car c'est précisément ce qui se passe pour eux. Ils contemplent leurs enfants et ils savent. Personne, pas même un saint, ne peut vivre sans le sentiment de sa valeur individuelle. Les racistes blancs ont magistralement réussi à frustrer les Noirs de ce sentiment. De tous les crimes raciaux, c'est le moins évident mais le plus odieux, car il détruit l'esprit et le désir de vivre.

C'en était trop. Bien que je fusse en train de le vivre, je n'arrivais pas à y croire. Il n'était pas possible qu'une certaine classe de gens honorables aux États-Unis puisse assister à ces crimes massifs et permettre qu'ils soient commis. Je m'efforçai, comme toujours, de comprendre le point de vue des Blancs. J'ai étudié objectivement les thèses fondées sur l'anthropologie, les clichés classiques qui soulignent les différences culturelles et ethniques. Et j'ai constaté que c'est tout simplement un tissu d'inexactitudes. Les deux grands arguments — le désordre des mœurs du Noir et son incapacité intellectuelle — sont des prétextes pour justifier un comportement injuste et amoral à son égard. Des études scientifiques récentes, publiées dans *The Eighth Generation* (Harper and Brothers, New York), démontrent que la classe moyenne contemporaine noire a le même culte de la famille, les mêmes idéaux et les mêmes buts que son homologue blanche. Les résultats scolaires médiocres des Noirs ne viennent pas d'une carence raciale, mais du fait que les Blancs leur refusent les avantages de la culture et de l'éducation. Lorsque les partisans de la ségrégation avancent que le Noir est d'un niveau scolaire inférieur, ils apportent de l'eau au moulin de leurs adversaires ; en effet, c'est admettre tacitement que les Noirs feront des études moins bonnes que celles des enfants blancs tant qu'ils seront confinés dans des écoles de dixième ordre.

Je n'ai pas été chargé de défendre la cause des Noirs. J'ai cherché ce qu'ils avaient d' « inférieur » et je n'ai pas trouvé. Toutes les épithètes simplistes d'usage pour qualifier cette race, et en général prises pour argent comptant même par les hommes de bonne volonté, se révèlent injustifiées lorsqu'on vit avec eux et qu'on les connaît. Naturellement, je ne parle pas de la racaille qui partout est la même, mais pas plus évidente chez les Noirs que chez les Blancs.

Lorsqu'on a fait table rase de tous les racontars et de toute la propagande, le critérium n'est que la couleur de la peau. Cette conclusion est le fruit de mon expérience. Ils ne me jugeaient d'après aucune autre qualité. Ma peau était sombre. La raison était suffisante pour qu'ils me privent de ces droits et de ces libertés sans lesquels la vie perd sa signification et devient juste une survivance animale.

Je cherchai une autre explication et n'en trouvai point. J'avais passé toute une journée sans manger ni boire pour la simple raison que ma peau était noire. J'étais assis sur un baquet dans un marécage pour la même raison.

Je retournai dans la cabane. L'air était un peu plus chaud et sentait le pétrole, le jute et l'être humain. Je m'étendis dans l'obscurité, au milieu des ronflements.

« Mr. Griffin... Mr. Griffin. »

La voix assourdie de l'homme arriva jusqu'à moi malgré mes cris. Je me réveillai face à face avec la lampe à pétrole et le visage inquiet de mon hôte.

« Tout va bien ? » demanda-t-il. Je sentis l'atmosphère tendue qui planait dans l'obscurité. Plus de ronflements : silencieux, ils se tenaient cois.

« Je m'excuse, dis-je, j'avais un cauchemar. »

Il se tenait debout. D'où j'étais, étendu à plat par terre, il me surplombait et sa tête semblait toucher les poutres du plafond. « Ça va mieux maintenant ?

— Oui, merci de m'avoir réveillé. »

Il enjamba avec précaution les enfants et retourna dans l'autre chambre.

C'était encore le même cauchemar qui me revenait ces derniers temps. Des hommes et des femmes blancs, le visage dur et fermé, me cernaient. Leur regard haineux me transperçait. Je me collais contre un mur. Je ne pouvais attendre ni pitié, ni miséricorde. Ils se rapprochaient lentement et je ne pouvais pas leur échapper. Deux fois déjà je m'étais éveillé en hurlant.

Je guettai le retour du sommeil pour toute la famille. Les moustiques vrombissaient. J'allumai une cigarette avec l'espoir que la fumée les chasserait.

Ce cauchemar me tracassait. Je m'étais lancé dans cette expérience avec un esprit de détachement scientifique. Je ne voulais pas que mes propres sentiments entrassent en ligne de compte, je désirais que mes observations fussent objectives. Mais cela prenait une tournure si profondément personnelle que j'étais hanté jusque dans mes rêves. A l'aube, mon hôte me réveilla. Sa femme se tenait debout dans la lumière de la lampe devant le fourneau, en train de faire le café. Je me lavai la figure dans une bassine d'eau qu'elle m'avait fait chauffer. Nous communiquions par des signes de tête et des sourires afin de ne pas réveiller les enfants étalés par terre.

Après un petit déjeuner composé de café et de pain, nous fûmes prêts à partir. Je lui serrai la main sur le pas de la porte et la remerciai. Sortant mon portefeuille, je voulus payer mon écot. Elle refusa, affirmant que j'avais donné plus que je n'avais reçu. « Si vous nous donniez un sou, il faudrait vous rendre la monnaie. » Je lui laissai de l'argent en cadeau pour les enfants, et le mari me ramena en voiture jusqu'à la grand-route.

C'était une matinée belle et fraîche. Bientôt je fus ramassé par deux jeunes automobilistes blancs. Très rapidement je m'aperçus qu'ils étaient, comme beaucoup de leur génération, meilleurs que ceux de la précédente. Ils me conduisirent à un arrêt d'autocar dans une petite ville.

Je pris un billet pour Montgomery et allai m'asseoir dehors sur le trottoir où étaient rassemblés d'autres Noirs. Il y en avait beaucoup dans la rue. Leurs regards étaient affectueusement complices comme si nous partagions un secret en commun.

Alors que j'étais assis en plein soleil, je fus envahi par une grande lassitude. J'allai à l'intérieur, dans les toilettes pour Noirs, je m'aspergeai le visage d'eau froide et me brossai les dents. Je pris ensuite un miroir de poche et je m'inspectai. J'étais un Noir depuis plus de trois semaines, et voir cet inconnu dans le miroir ne me causait plus de choc. Mes cheveux formaient un duvet épais, la peau de mon visage, grâce au médicament, au soleil et au maquillage, était ce que les Noirs appellent d'un « brun franc » — une couleur sombre, unie, qui me rendait semblable à des millions d'autres.

Je remarquai aussi que mes traits s'étaient figés. Au repos, ma figure était marquée par une expression tendue, morne, qui est celle de tant de Noirs dans le Sud. Mon esprit avait subi la même transformation, tournant à vide pendant de longues périodes. Il se préoccupait de nourriture et de boisson, mais tant d'heures se passaient simplement à attendre, à se protéger contre la peur, qu'il ne pensait plus à grand-chose d'autre. Comme tous ceux dans ma situation, je trouvais la vie trop pesante.

J'éprouvais le désir ardent de quelque chose de simplement agréable, de ce que les gens appellent le « plaisir ». Ce besoin était si impérieux qu'au fond de moi-même, à travers les misères et les humiliations de cette existence, je me réjouissais du simple fait d'être seul dans ces toilettes avec leur robinetterie propre et leurs murs en bois mal équarri. Il y avait ici un robinet où je pouvais boire de l'eau et aussi me complaire dans le luxe de me laver la figure autant qu'il me plaisait. Le loquet de la porte poussé, je pouvais m'isoler des regards de haine, de mépris.

L'air était imprégné de l'odeur vivifiante du savon Ivory. J'arrivai à atténuer ma teinte et je me demandai combien de temps il me faudrait pour avoir à nouveau l'air d'un Blanc. Je décidai de ne plus prendre de pilules pendant quelque temps. J'enlevai ma chemise et mes sous-vêtements. N'étant plus exposé depuis longtemps ni au soleil ni à une lampe à rayons ultraviolets, mon corps avait pris une teinte café au lait. Dorénavant je devrais faire attention et ne me déshabiller que lorsque je serais seul. Mon visage et mes mains étaient beaucoup plus foncés que mon corps. Étant donné que je dormais souvent tout habillé, ce ne serait pas un problème grave.

J'humectai mon éponge, je versai de la teinture dessus, et retouchai les coins de ma bouche et mes lèvres qui étaient les points délicats.

Nous montâmes dans le car tard dans l'après-midi et nous arrivâmes sans encombre à Selma, où j'eus le temps de me reposer longuement avant de prendre un autre car jusqu'à la capitale de l'État.

Dans l'obscurité du crépuscule, je parcourus les rues de cette ville magnifique. Un groupe de femmes noires bien vêtues quêtaient au bénéfice d'œuvres missionnaires. Je glissai de la monnaie dans leur tronc et reçus en échange une brochure qui traçait les activités des missions. Puis, curieux de voir comment elles se débrouilleraient avec les Blancs, je les accompagnai. Nous abordâmes le chef de gare. Il prit une expression revêche et grommela un refus. Nous continuâmes notre chemin.

Deux hommes, d'apparence cossue, se parlaient devant l'hôtel Albert.

« Pardon, monsieur, dit une des femmes tendant une de ses brochures. Nous quêtons pour nos missionnaires.

— Pas la peine, dit le plus vieux d'un ton sec. Je n'ai déjà que trop de ces sacrées brochures. »

Le plus jeune des deux hésita, plongea dans sa poche et jeta une poignée de monnaie dans le tronc. Il refusa la brochure, déclarant : « Je suis sûr qu'il sera fait bon usage de l'argent. »

Ayant continué notre chemin et dépassé un pâté de maisons, nous entendîmes des pas derrière nous. Nous nous arrêtâmes à un coin de rue, sans nous retourner. Une voix d'homme jeune nous parvint. « Je ne pense pas que cela soit une consolation, dit-il tranquillement, mais je m'excuse du comportement des miens. »

Nous répondîmes « merci » sans tourner la tête.

Comme nous passions devant un arrêt d'autobus, je me séparai du petit groupe et m'assis sur un banc public à proximité d'une cabine téléphonique. J'attendis pour voir un Noir utiliser le téléphone ; à mon tour, je m'y précipitai, refermai la porte et demandai par l'interurbain mon numéro personnel en P.C.V.

Lorsque j'eus ma femme au bout du fil, à nouveau je fus frappé par la singularité de ma situation. C'était l'époux et le père qui s'adressait à elle et aux enfants, tandis que dans la vitre de la cabine je voyais le reflet d'un homme qu'ils ne reconnaîtraient pas. Au moment où je voulais tant me dissocier de cette image, elle s'imposait à moi plus que jamais, je n'étais pas celui que ma femme avait connu, mais un étranger possédant la même voix et les mêmes souvenirs.

Heureux de les avoir au moins entendus parler, je sortis de la cabine dans l'air frais du soir. La nuit était toujours un soulagement. La plupart des Blancs étaient chez eux. Nous courions moins de risques. Dans l'obscurité, un Noir se fondait d'une manière discrète.

Compatissante la nuit vient
Dont le noir se fond avec le mien.

C'est alors qu'un Noir peut regarder le ciel étoilé et trouver qu'après tout il a sa place dans l'ordre universel des choses. Les étoiles, le ciel obscur proclament sa valeur comme être humain. Il sait que son ventre, ses poumons, ses jambes fatiguées, ses appétits, ses prières et son esprit ont une signification profonde et sont partie intégrante de la nature et de Dieu. La nuit est sa consolation. Elle ne le rejette pas.

Le crissement de roues prenant le virage à la station, la puanteur des gaz d'échappement, le soudain remue-ménage de gens qui débarquaient furent le signal du départ. Les hommes, plus avertis et plus sages que la nuit, me ramenèrent à la réalité avec leurs regards haineux.

J'allai à l'arrière de l'autobus, je dépassai les passagers qui somnolaient et je trouvai une place libre. Les Noirs me firent des sourires fatigués, puis ce fut le départ. Je me renversai en arrière et m'assoupis comme les autres.

Le 25 novembre.

Dans Montgomery, capitale de l'Alabama, je trouvai une atmosphère différente. Le sentiment de désespérance totale des Noirs est remplacé par une résolution farouche de résistance passive. C'est l'influence du Révérend Martin Luther King Jr. qui règne comme une résonance de Gandhi. Dans un climat de prière, le mot d'ordre est résistance pacifique à la discrimination. Ici le Noir a pris une position bien déterminée. Il ira en prison, supportera n'importe quelle humiliation, mais il ne renoncera pas à ses revendications. Il acceptera stoïquement insultes et abus pour qu'un jour ses enfants n'aient pas à les supporter.

Cette attitude désarçonne et irrite le raciste blanc, parce que la dignité de l'attitude du Noir souligne l'indignité de la sienne. Il met son point d'honneur à provoquer les Noirs afin de leur faire commettre des actes vils, des actes de violence déclarée. Il ira souffler de la fumée de cigarette dans la figure d'un Noir, espérant que celui-ci s'insurgera et le frappera. Il pourra alors lui faire subir de violentes représailles sous prétexte de légitime défense.

Alors qu'ailleurs les Noirs manquent d'unité d'action, à Montgomery ils se sont ralliés aux directives de King. Alors qu'ailleurs ils sont avilis injustement par des hommes des deux races, ici ils ne se laissent pas faire.

Je n'arrivais pas à discerner le point de vue des Blancs à Montgomery. Il était trop fluide, trop versatile. Un calme superficiel planait sur la ville. La nuit, il y avait de la police partout. On sentait que les deux races restaient comme deux blocs de béton, inébranlables, et que les questions fondamentales du bien et du mal, de la justice et de l'injustice avaient été perdues de vue par les Blancs. Qui allait l'emporter, il ne s'agissait plus que de cela. La crainte et la méfiance créaient de part et d'autre un état de tension.

Les Noirs que je fréquentais appréhendaient deux choses. D'une part, un acte de violence commis par l'un des leurs qui compromettrait leur position en permettant aux Blancs de déclarer qu'ils étaient trop dangereux pour avoir des droits. D'autre part, les redoutables provocations des Blancs agressifs, la prison, les faux témoignages.

Les craintes des Blancs ont été largement diffusées. Cette méfiance à l'égard de « l'intégration » paraît aux Noirs dénuée de tout fondement. Tout ce qu'ils voient, c'est que le Blanc veut les maintenir dans une condition inférieure — les obliger à faire face à leurs responsabilités de contribuable et de soldat, tout en leur refusant les privilèges du citoyen à part entière. A la base, bien que le Blanc avance beaucoup d'arguments pour justifier sa position, on sent qu'en réalité il ne supporte pas de « lâcher du lest » à l'égard de la classe traditionnellement asservie.

C'était partout le regard de haine, spécialement chez les femmes de l'ancienne génération. Le dimanche, je fis l'expérience de m'habiller soigneusement et de passer devant les églises pour Blancs à la sortie de leurs services. Chaque fois que les femmes franchissaient le portail et me voyaient, la « bouffée de spiritualité » dégénérait en hostilité. La métamorphose était absurde. Dans tout Montgomery, une seule femme se domina. Elle ne sourit pas. Elle se contenta de me regarder sans changer d'expression. J'éprouvai une telle gratitude à son égard que je n'en revenais pas.

Le 27 novembre.

Chaque jour, de plus en plus, je restais dans ma chambre. La situation à Montgomery me paraissait tellement insolite que je décidai d'essayer de retourner dans la société des Blancs. Je ne sortais plus que la nuit pour me nourrir. Et je ne voulais plus être exposé au soleil jusqu'à ce que j'eusse suffisamment éliminé les drogues de mon organisme pour que ma peau eût repris une teinte plus claire.

Le 28 novembre.

Je décidai de me réintégrer à la société des Blancs. Je frottai vigoureusement ma peau brune, je la mis presque à vif jusqu'à ce qu'elle eût pris un ton plus rose que noir. Oui, je vis dans le miroir que ça pouvait aller. Je mis une chemise blanche, mais le contraste faisait paraître ma figure et mes mains trop foncées. Je changeai et endossai une chemise sport marron : ma peau sembla plus claire.

Cette mutation mettait mes nerfs à une rude épreuve. Homme blanc, je ne devais pas être vu en train de sortir de la demeure d'un Noir à minuit. Dans l'hypothèse où je m'installerais dans un hôtel pour Blancs, je ne pourrais pas y rentrer ensuite si ma peau fonçait à nouveau à cause du soleil et des restes de drogue assimilés par mon organisme.

J'attendis de voir les rues retournées au calme et

d'être sûr que tout le monde dormait dans la maison. Puis, empoignant mes bagages, je franchis la porte et me plongeai dans la nuit.

Il était important de m'éloigner de ces parages le plus vite et le plus discrètement possible et de pénétrer dans le secteur blanc. J'étais à l'affût des voitures de police. Je n'en aperçus qu'une dans le lointain et je me faufilai dans une ruelle.

Au carrefour suivant, un jeune garçon noir marchait à grands pas. Il me jeta un coup d'œil et puis regarda droit devant lui. Croyant indéniablement que je pouvais m'attaquer à lui, il sortit un objet de sa poche et j'entendis un déclic. Bien que je ne visse pas ce qu'il tenait dans sa main, je ne doutai point que ce fût un couteau à cran d'arrêt. Je n'étais pour lui qu'un étranger blanc, une source latente de danger contre lequel il devait se protéger.

Il s'arrêta au coin d'une large rue et attendit pour traverser. Je le rejoignis.

« Il fait froid, n'est-ce pas ? » fis-je remarquer pour le rassurer et lui faire comprendre que je n'avais pas d'intentions agressives. Il resta comme une statue, glacé et silencieux.

Nous traversâmes la rue vers une région du centre plus éclairée. Un agent de police se dirigea vers nous et vite le garçon remit son couteau dans la poche de sa veste.

L'agent me fit un signe poli de la tête et je sus alors que j'avais réussi à réintégrer la société des Blancs. De nouveau j'étais un citoyen à part entière, toutes les portes, celles des restaurants, des toilettes, des bibliothèques, cinémas, concerts, écoles et églises s'ouvriraient tout à coup devant moi. Après tout ce temps j'avais du mal à m'adapter. Un sentiment de liberté exaltante m'envahit. J'entrai dans un restaurant. Je m'assis au comptoir à côté d'hommes blancs et la serveuse me sourit. Quel miracle ! Je commandai un repas et on me servit, autre miracle. J'allai aux toilettes sans être inquiété. Personne ne fit la moindre attention à moi. Personne ne dit : « Qu'est-ce que vous faites ici, Nègre ? » Au-delà, dans la nuit, je savais qu'il existait des hommes, semblables à ce que j'avais été ces dernières semaines, qui erraient dans la rue, et que pas un d'entre eux n'avait la possibilité d'entrer dans un café à cette heure tardive. Et au lieu d'aller aux toilettes, ils devaient chercher une ruelle.

Pour eux, comme pour moi, ces simples avantages étaient miraculeux. Mais tout en en bénéficiant, je n'en éprouvais aucune joie. Je voyais des sourires, des visages avenants, de la politesse — cet aspect de l'homme blanc que je n'avais pas connu depuis des semaines, mais ma souvenance de l'autre aspect était trop proche. Le miracle avait pour moi un goût d'amertume.

Je mangeai le repas des Blancs, je bus l'eau des Blancs, je reçus le sourire des Blancs et je m'étonnai de cette situation. Quelle signification pouvait-elle avoir ?

Je sortis du restaurant et marchai jusqu'au Whitney, un hôtel de premier ordre. Un Noir se précipita pour porter mes havresacs. Il me fit des sourires, des « oui, monsieur — oui, monsieur ».

J'avais envie de lui dire : « je ne marche pas, avec vos boniments », mais maintenant j'étais de l'autre côté de la barrière. Les ponts étaient coupés, nous ne pouvions plus échanger un regard de connivence.

Les employés blancs remplirent ma fiche, se répandirent en amabilités, me firent accompagner à une chambre confortable par un Noir qui portait mes bagages. Je lui donnai un pourboire, il s'inclina et je compris la distance qui déjà nous séparait, la distance qui existe entre un Blanc et un Noir. Je fermai la porte à clef, je m'assis sur le lit et fumai une cigarette. J'étais le même homme qui n'aurait jamais eu accès à cette chambre une semaine auparavant. Ma réaction fut de m'émerveiller de la douceur du tapis, de récapituler tous ces miracles courants, chaque meuble, chaque lampe, le téléphone, d'aller me laver dans la salle de douches carrelée — ou encore de sortir dans la rue simplement pour voir ce que c'était d'ouvrir n'importe quelle porte, d'entrer dans tous les cabarets, cinémas et restaurants, de parler à des hommes blancs sans servilité, de voir des femmes répondre à votre regard par un sourire.

Le 29 novembre.

Ce matin-là, Montgomery offrait un visage différent. Les hommes n'étaient que sourires — de bons sourires pleins de chaleur ; ces sourires irrésistibles confirmaient mon impression que ces gens ignoraient tout simplement la condition des Noirs qu'ils croisaient dans la rue — qu'il n'existait même pas de contact réel entre eux. Je leur parlai — des conversations fortuites çà et là. Ils me disaient connaître les Noirs, pour avoir échangé de longs propos avec eux. Ces gens ne savaient pas que depuis longtemps le Noir avait appris à leur dire ce qu'ils voulaient entendre, et non pas ce qui était. J'entendis les vieilles rengaines : le Noir est comme ci et comme ça. Il ne faut pas brûler les étapes. Il ne faut pas s'attendre à ce que le Sud reste les bras croisés tandis que ces damnés communistes du Nord leur font la loi, d'autant plus qu'un étranger ne peut pas vraiment « comprendre ». J'écoutais et me gardais de répondre. C'était le moment d'écouter, mais j'avais du mal à me taire. Je voyais dans leurs yeux qu'ils étaient sincères et j'avais envie de leur dire : « Ne savez-vous donc pas qu'avec ces commérages vous répandez le poison du racisme ? »

Montgomery, la ville que j'avais détestée, était merveilleusement belle ce jour-là ; tout au moins jusqu'au moment où je pénétrai dans un quartier noir que je ne connaissais pas encore. J'étais un homme blanc solitaire dans le fief des gens de couleur. Moi, l'homme blanc, je recevais des Noirs le même accueil glacé que m'avaient infligé les Blancs lorsque j'étais Noir. Et je pensais : « Pourquoi me traiter ainsi ? J'ai été l'un d'entre vous ! » Puis je réalisai que c'était une ineptie de la même veine que j'avais constatée à la gare de La Nouvelle-Orléans. Cela n'avait rien à voir avec ce que j'avais pu faire, cela ne s'adressait pas à moi, mais à la couleur de ma peau. Je voyais dans leurs regards : « Sale bâtard, espèce de salaud de Blanc, qu'est-ce que tu fais dans nos parages ? » tout comme j'avais vu dans les yeux des Blancs quelques jours auparavant : « Sale bâtard, espèce de salaud de Nègre, qu'est-ce que tu fais dans nos parages ? »

Était-ce la peine de continuer ? Était-ce la peine de tenter de montrer à chacune de ces rares ce qu'il y avait derrière le masque de l'autre ?

Le 1er décembre.

Je mis au point une technique d'alternance. Je gardai dans mon sac une éponge humide, du maquillage, de la crème à nettoyer et des mouchoirs en papier. C'était risqué, mais la seule façon de circuler à la fois comme Blanc et comme Noir. Au cours de mon voyage, je trouvais des coins solitaires, parfois une ruelle la nuit, ou des buissons au bord de la grand-route, et vite je me maquillais le visage, les mains et les jambes, puis je les essuyais et je recommençais jusqu'à ce que le colorant fût incrusté dans mes pores. Je traversais alors la région comme Noir et puis, d'habitude la nuit, j'enlevais la teinture avec ma crème à démaquiller et je repassais dans la même région comme Blanc.

Blanc ou Noir, j'étais le même homme. Et pourtant, lorsque j'étais parmi les Blancs, je recevais d'eux des sourires de complicité fraternelle et des traitements de faveur, et les Noirs me gratifiaient de leur haine ou de leur obséquiosité. Et lorsque j'étais Noir, les Blancs m'estimaient bon à jeter aux ordures tandis que les Noirs m'accueillaient avec chaleur.

Le Noir Griffin grimpa la colline escarpée jusqu'à l'arrêt d'autocar de Montgomery pour connaître l'horaire des départs pour Tuskegee. Les renseignements me furent donnés par un employé poli et je m'éloignai du guichet. « Garçon ! » — j'entendis une femme à la voix forte et dure.

Je vis près de la porte une grande matrone âgée et impatiente. Sa figure pincée grimaça et elle me fit signe de m'approcher.

« Garçon, ici. Dépêchez-vous. »

Étonnés, j'obéis.

« Allez chercher ces valises dans le taxi », commanda-t-elle avec irritation, ulcérée par ma lenteur à lui obéir.

Sans réfléchir, je fis un large sourire, comme si la perspective de lui rendre service me comblait de joie. Je portai ses valises jusqu'au car et avec arrogance elle me donna un pourboire infime. Je me confondis en remerciements. Agacée, elle fronça les sourcils et finalement me fit signe de m'éloigner.

Tôt dans l'après-midi, je pris le car pour Tuskegee, et je marchai à travers cette ville du Sud d'une grande beauté sereine. Le fameux Tuskegee Institute, me dit-on, se trouvait en dehors de la ville. En fait, la majorité des Noirs habitent un quartier en dehors de la ville, par décision du conseil municipal — moyen le plus simple pour invalider les votes des Noirs dans les élections régionales.

L'esprit de George Washington Carver imprègne cette cité universitaire — endroit tranquille, d'une tranquillité presque obsédante, agrémenté d'arbres et de gazon. Il s'en dégage une atmosphère de respect pour le travail manuel et intellectuel, de dignité humaine. En posant des questions, mes conclusions antérieures se trouvèrent confirmées : à part ceux qui ont fait des études qui leur permettent d'exercer une profession libérale, les Noirs ne trouvent des emplois en rapport avec leur instruction qu'en dehors du Sud. Il régnait là une grande tenue, les étudiants étaient habillés plus sobrement que dans la plupart des universités pour Blancs. Pour eux l'instruction est une chose importante. L'époque où leurs ancêtres étaient confinés dans l'ignorance, où apprendre à lire et à écrire entraînait les pires représailles, est si proche que maintenant la possibilité de s'instruire est pour eux un privilège presque sacré. Ils voient aussi cela comme le seul moyen de sortir du bourbier où ils se trouvent.

Plus tard dans l'après-midi, après avoir erré dans la ville, je retournai à l'Institut pour parler avec le doyen. Un homme blanc se tenait devant un terrain de jeux pour Noirs, près de la grille d'entrée du collège ; il me fit signe. Tout d'abord j'hésitai, redoutant des intentions agressives. Mais il semblait m'implorer de lui faire confiance. Je me dirigeai lentement vers lui.

« Vous voulez quelque chose ? demandai-je.

— Oui : pourriez-vous m'indiquer où se trouve le Tuskegee Institute ?

— Juste ici, répondis-je en lui montrant du doigt les grilles.

— Oui, je sais », et il fit un large sourire. Je humai une bouffée de whisky dans l'air frais du soir. « Je cherchais simplement un prétexte pour vous parler, admit-il. Est-ce que vous enseignez ici ?

— Non, je ne suis que de passage.

— Je suis docteur en philosophie, dit-il d'un air embarrassé. Je viens de New York en observateur.

— Pour le compte du gouvernement ?

— Non, de ma propre initiative », affirma-t-il.

Je l'observai attentivement, car d'autres Noirs commençaient à nous remarquer. Il paraissait âgé d'une cinquantaine d'années et était vêtu plutôt convenablement.

« Si nous allions prendre un verre ensemble ? proposa-t-il.

— Non merci, répondis-je, et je m'apprêtai à m'en aller.

— Attendez une minute, nom d'un chien ! Vous êtes mes frères, vous autres. Votre seul espoir réside en des types comme moi. Comment voulez-vous que je vous observe si vous refusez de me parler ?

— Très bien, dis-je. Je serai heureux de parler avec vous.

— Oh zut ! j'en ai plein le dos d'observations,

avoua-t-il. Allons tout bonnement nous saouler la gueule et oublier toutes ces balivernes de préjugés.

— Un Blanc et un Noir », et je ris. « Le Klu Klux Klan providentiel ne tarderait pas à se manifester.

— Absolument : un Blanc et un Noir. Mais que diable, je ne me considère pas meilleur que vous — peut-être même pas aussi bien. J'essaie simplement de fraterniser. »

Bien que manifestement il eût bu, je me demandai comment un esprit cultivé et observateur pouvait être borné au point de créer une situation aussi embarrassante pour un Noir.

« Je vous suis reconnaissant, répondis-je avec raideur. Mais ça ne marcherait jamais.

— On n'a besoin de rien leur dire, murmura-t-il dans mon oreille, avec un regard éperdu comme s'il me suppliait de ne pas le rejeter. En tous les cas, je vais prendre une cuite. J'en ai diantrement assez. Juste entre vous et moi. Nous pourrions aller quelque part dans les bois. Venez — au nom de la fraternisation. »

J'éprouvais pour lui une grande pitié. Évidemment, il se sentait seul et il avait peur de ne pas être accepté justement par les gens qu'il voulait aider. Mais comment ne réalisait-il pas à quel point ces manifestations outrecuidantes de « fraternisation » étaient choquantes ? Nous étions entourés de regards désapprobateurs.

Un Noir dans une vieille voiture s'arrêta alors à côté de nous. Feignant d'ignorer l'homme blanc, il s'adressa à moi : « Voudriez-vous m'acheter de belles dindes bien grasses ? demanda-t-il.

— Je suis ici sans ma famille, répondis-je.

— Écoutez-moi une seconde, interpella l'homme blanc. Que diable, je vous achèterai toutes vos dindes... juste pour vous rendre service. Vous verrez ainsi que tous les hommes blancs ne sont pas des salauds. Combien en avez-vous là ? »

Nous regardâmes dans la voiture et nous vîmes sur le siège arrière plusieurs dindes vivantes.

« Combien pour tout le lot ? » demanda l'homme blanc en sortant un billet de dix dollars de son portefeuille.

Le vendeur me regarda, perplexe, se demandant s'il devait vraiment imposer le tout à cet homme blanc si généreux.

« Qu'en ferez-vous lorsque vous les aurez sorties de la voiture ? demandai-je.

— Quel but poursuivez-vous, me répondit-il, acerbe : empêcher cet homme de faire une affaire ? »

Le vendeur s'interposa. « Non... non, monsieur, il n'essaie pas de faire cela. Je serai content de vous vendre toutes les dindes que vous voudrez. Mais où voulez-vous que je les livre ? Vous vivez près d'ici ?

— Non, je suis venu ici seulement en observateur. Que diable, prenez les dix dollars. Je me débarrasserai de ces sacrés volatiles. »

Comme le vendeur hésitait, l'homme blanc s'enquit : « Qu'est-ce qu'il y a ? Est-ce le produit d'un vol, ou quoi ?

— Oh ! non, monsieur...

— Vous avez peur que je sois un flic, ou quoi ? »

La faute irrémissible avait été commise. Malgré ses assertions fraternelles, l'homme blanc avait avancé la première hypothèse péjorative qui se présentait à son esprit. Il n'en fut probablement pas conscient, mais cela n'échappa à aucun de nous. Ne serait-ce que par le ton de sa question, il révélait qu'il nous méprisait. Sa voix s'était durcie, nous remettant à notre place, comme ils disent. Il était devenu exactement comme l'un de ces Blancs qu'il dénigrait.

« Je ne les ai pas volées, répondit l'homme aux dindes avec froideur. Vous pouvez venir voir ma ferme. J'en ai d'autres là-bas. »

L'homme blanc, percevant le changement, le ressentiment, se tourna vers moi avec fureur. « Bon Dieu, ce n'est pas étonnant qu'on ne veuille pas de vous. Vous ne nous donnez pas la possibilité de vous témoigner notre bon vouloir. Et nom d'un chien, je vais noter cela dans mon rapport. » Il s'en alla en marmottant. « Vous avez tous quelque chose de " bizarre " en vous. » Puis il leva la tête vers le ciel et proclama avec violence : « Mais avant quoi que ce soit, je vais me saouler, me saouler comme un Polonais. »

Il se précipita sur la route vers la pleine campagne. Les Noirs autour de moi hochèrent la tête lentement, avec tristesse. Nous avions assisté à la tentative maladroite d'un homme qui s'efforçait de compenser les abus dont les Noirs sont victimes. C'était un lamentable échec. Si je l'avais osé, j'aurais couru le retrouver pour essayer d'abattre ce mur terrible d'incompréhension mutuelle.

Au lieu de cela, j'allai sous un réverbère et notai dans mon carnet : « Nous devons leur accorder des droits légitimes, assurer une justice équitable — et ensuite, bon sang, que chacun laisse chacun de son côté. Paternalistes — le paternalisme est le témoignage de nos préjugés — nous faisons fi de leur dignité. »

Il était trop tard pour rendre visite au doyen de Tuskegee, alors je pris un car pour Atlanta, via Auburn, Alabama.

Le voyage se passa sans incident jusqu'à Auburn, où l'on changeait de car. Comme toujours, les gens de couleur étaient à l'arrière. Nous étions quatre à occuper la banquette du fond. En face de nous, une grande femme noire entre deux âges s'assit sur la gauche, un jeune Noir occupait la place de droite.

A l'un des arrêts, deux femmes blanches montèrent et ne trouvèrent pas de siège libre. Pas un de ces galants hommes du Sud ne se leva pour leur offrir sa place du côté réservé aux Blancs. Le conducteur du car se retourna pour demander au jeune Noir et à la femme de se mettre côte à côte afin que les deux Blanches pussent s'asseoir sur une des banquettes. Tous les deux firent la sourde oreille. La tension monta, tandis que les Blancs se retournaient pour voir ce qui se passait.

Un Blanc à cheveux roux, en chemise de sport, se leva, se tourna vers l'arrière et nous interpella :

« N'avez-vous pas entendu ce qu'a dit le conducteur ? Déménagez, mon garçon.

— Elles peuvent s'asseoir ici », répondit tranquillement le Noir en indiquant la place libre près de lui et celle près de la femme de l'autre côté du couloir.

Le conducteur parut sidéré et puis consterné. Il alla vers l'arrière et, s'efforçant de ne pas perdre le contrôle de sa voix, dit : « Elles ne veulent pas s'asseoir à côté de vous, vous ne saviez pas ? Elles ne le veulent pas — c'est clair, non ? »

Nous réalisâmes qu'un incident allait éclater, mais aucun de nous n'admettait que ce jeune Noir, qui avait payé sa place, fût forcé de l'abandonner. Si les femmes ne voulaient pas s'asseoir parmi nous, eh bien, que deux Blancs leur cèdent la place : ils pourront alors venir ici. Le jeune Noir ne dit plus rien. Il regarda par la fenêtre.

Le rouquin se hérissa. « Voulez-vous que j'aille faire valser ces deux sales nègres ? » demanda-t-il à haute voix au conducteur.

Avec un frémissement, nous nous figeâmes, regardant dans le vide, nous protégeant intérieurement contre d'autres insultes.

« Non, pour l'amour de Dieu, s'il vous plaît, pas de violences », implora le conducteur.

Une des femmes blanches se tourna vers nous en ayant l'air de s'excuser d'être la cause d'une pareille scène. « Ça va comme ça, dit-elle, s'il vous plaît... » Elle demanda au conducteur et au jeune homme de renoncer à obtenir une place.

Le rouquin se rassit lentement en nous lançant des

regards furibonds. Un petit jeune homme assis vers le milieu du car ricana : « Mon vieux, il était tout prêt à flanquer une raclée à ce Nègre. » Cette brute l'émerveillait, mais les autres Blancs gardèrent un silence désapprobateur.

Arrivés à Atlanta, nous laissâmes les Blancs descendre les premiers. L'un d'eux, un grand homme d'un certain âge, hésita, puis fit marche arrière et se tourna vers nous. Nous nous cuirassâmes dans l'attente d'autres insultes. Il se pencha sur le jeune Noir. « Je voulais juste vous dire qu'avant de vous frapper, il aurait été obligé de me frapper d'abord. »

Aucun de nous ne sourit. Nous nous demandions pourquoi il n'avait pas pris la parole quand il y avait encore des Blancs dans le car. Nous remerciâmes d'un signe de tête et le jeune Noir dit tranquillement : « Cela nous arrive continuellement.

— Eh bien, je voulais juste vous dire ça, j'étais de votre bord, mon garçon. » Il fit un clin d'œil, sans réaliser qu'il avait révélé le fond de sa pensée, en employant cette appellation abhorrée de « mon garçon ». Nous répondîmes avec lassitude à son au revoir.

J'étais le dernier à sortir du car. Un vieil homme blanc, chauve, à la forte carrure, vêtu d'une salopette bleu délavé, me dévisagea. Il tordit sa figure avec dégoût comme si j'étais un sujet de répulsion et il renifla de mépris : « Pouah ! » Ses petits yeux bleus brillaient de répugnance avec une telle aversion pour ma peau que je fus envahi de désespoir.

C'était peu de chose, mais s'ajoutant à toutes les

autres petites choses, cela déclencha mon effondrement intérieur. Tout à coup j'en avais assez. Tout à coup je ne pouvais plus supporter cette condition avilissante — non pas la mienne, mais celle de tous les hommes qui étaient Noirs comme moi. Je fis brusquement demi-tour et je m'en allai. La grande gare était bondée. Je m'enfermai à clef dans les lavabos. J'étais en sécurité, isolé ; l'espace autour de moi m'appartenait pour un temps ; cela correspondait à peu de chose près au volume d'un cercueil. Au Moyen Age, les hommes cherchaient asile dans les églises. De nos jours, pour une pièce de monnaie, je pouvais trouver asile dans les toilettes réservées aux hommes de couleur. Jadis les asiles avaient des murs imprégnés d'encens. Maintenant, le mien avait une odeur de désinfectant.

L'ironie du sort était manifeste. Voilà que j'étais de retour dans le pays de mes ancêtres, la Géorgie. Ils avaient donné leur nom de Griffin à une ville. Et moi, un Noir, je portais ce nom exécré par tous les Noirs, car l'ancien gouverneur Griffin (à qui j'espère ne pas être apparenté) s'était héroïquement consacré à la tâche de maintenir les Noirs « à leur place ». En partie grâce à son œuvre, moi, John Griffin, je célébrais un retour triomphal à la contrée de mes ancêtres en cherchant refuge dans les cabinets de la gare.

Je pris ma crème à nettoyer et la frottai sur mon visage et mes mains pour enlever mon maquillage. Je quittai ensuite ma chemise et mon gilet de corps, je frictionnai ma peau avec le gilet jusqu'à ce qu'elle fût presque à vif, puis je me regardai dans mon miroir de poche. Je pouvais passer de nouveau pour un Blanc. Je remballai mes affaires, remis chemise et veste et me demandai comment je pourrais quitter les toilettes sans attirer l'attention. Il ne devait pas être loin de minuit, mais il y avait encore un va-et-vient incessant. Chose curieuse, il y avait peu de ces bavardages que l'on entend habituellement dans les lieux publics, pas de rires ni de quolibets. J'attendis, à l'affût des bruits de pas, de robinetterie et de chasse d'eau.

Beaucoup plus tard, lorsque je n'entendis plus rien, je sortis de mon refuge et, me dirigeant vers la salle d'attente principale, je me fondis dans la foule.

Le retour à la condition de Blanc est toujours déroutant. Je devais faire attention à ne pas employer le langage trivial qui est d'usage entre Noirs mais qui, venant d'un Blanc, devient insultant. Il était minuit. Je demandai à un portier où je pourrais trouver une chambre pour la nuit. Il m'indiqua une enseigne au néon qui se détachait dans le ciel — Y.M.C.A., une ou deux rues plus loin. Je compris alors que tout en étant, pour un Noir, bien habillé, j'avais, pour un Blanc, une apparence minable. Il m'avait jugé sur ma mine et indiqué un endroit où je trouverais un logement bon marché.

Le 2 décembre.

Appels téléphoniques aux bureaux du *Sepia,* à Fort Worth. Ils me demandaient d'écrire d'autres histoires sur Atlanta. Mon photographe, Don Rutledge, ne pouvait pas venir avant deux jours. Je téléphonai au monastère trappiste de Conyers, en Géorgie, à une quarantaine de kilomètres, et demandai s'ils me recevraient pour un court séjour. Les semaines que je venais de passer se faisaient sentir, et cet étrange écœurement imposait un changement radical, la délivrance de cette obsession raciale.

Je quittai le Y.M.C.A. et pris place dans un autocar pour Conyers. Le conducteur possédait à fond une technique pour humilier les Noirs. Chaque fois qu'un Blanc descendait, il lui disait poliment : « Attention à la marche, s'il vous plaît. » Mais si un Noir s'approchait de la sortie à son tour, le silence du conducteur éclatait comme des cymbales. Son refus d'accorder ne serait-ce que cette politesse à des passagers qui avaient payé leur billet le même prix que tout le monde était si provocant que je me rendis compte des frémissements de colère des Noirs derrière moi.

Des femmes noires, convenablement habillées, d'un aspect respectable, même âgées, n'arrivaient pas à lui arracher l'avertissement poli « Faites attention à la marche ». Son intention était claire et évidente.

J'observai, pensant à l'inanité d'une pareille attitude. Puis, à un arrêt, un groupe de Blancs se dirigea vers la sortie et derrière eux venait une femme noire d'une cinquantaine d'années, sobrement vêtue. Je perçus le dilemme du conducteur et cela me divertit. Devrait-il dire : « Attention à la marche, s'il vous plaît », alors que l'avertissement serait adressé aussi à une Noire ?

« Attention à la marche, s'il vous plaît », dit-il en fin de compte en ouvrant les portes. Les Blancs descendirent sans répondre, mais la dame noire salua poliment et dit « Merci », sachant parfaitement que la remarque n'était pas à son intention. Ce fut un moment de triomphe. Elle s'était montrée plus polie que les voyageurs et que le conducteur ; et cela sans la moindre ironie. La subtilité de la chose échappa aux Blancs, mais cela ne fut pas perdu pour le conducteur ou pour les Noirs à l'arrière. J'entendis que l'on étouffait dans mon dos des petits rires d'approbation. Le conducteur claqua les portes avec une violence superflue et démarra brutalement.

J'arrivai au monastère trappiste entouré de ses deux mille acres de bois et de champs et j'entrai dans la cour alors que les moines chantaient les Vêpres. Leurs voix flottaient vers moi. Un Frère en robe de bure me conduisit à une cellule au deuxième étage et me précisa que le dîner était à cinq heures.

Le contraste était presque trop fort à supporter. C'était un choc, comme de déboucher d'un sombre tunnel soudain en plein soleil. Ici tout était paix, silence, sauf le plain-chant. Ici les hommes ignoraient la haine. Ils s'efforçaient de se conformer à la volonté de Dieu, alors qu'ailleurs j'avais surtout vu des hommes qui s'efforçaient de conformer la volonté de Dieu à leurs misérables préjugés. Ici les hommes cherchaient la vérité en Dieu, ailleurs ils la cherchaient en eux-mêmes. La différence était bouleversante.

Nous dînâmes à cinq heures — pain de ménage, beurre, lait, haricots rouges, des épinards et une pêche. A six heures et demie, nous allâmes à la chapelle pour les dernières prières de la journée. Je m'agenouillai dans la tribune, et regardai d'en haut les quatre-vingt-dix-neuf moines en robe blanche. Lorsqu'ils eurent fini de psalmodier Complies, ils éteignirent la plupart des lumières et chantèrent le solennel *Salve Regina* si merveilleusement, avec tant de suavité, que les blessures de la vie se cicatrisaient : nous étions fondus dans le calme profond de l'éternité. Lorsque moururent les dernières résonances, les moines sortirent en rang. C'était pour eux un jour de plus qui s'achevait. Ils allèrent se coucher à sept heures : ils devaient se lever à deux heures du matin pour commencer une nouvelle journée. Le même rythme se perpétuait au cours des siècles dans les monastères trappistes. Cette forme de pérennité m'imprégnait et longtemps je restai seul dans l'obscurité de la chapelle — sans prier, me reposant simplement dans cette chaleur où règne l'harmonie des sentiments, où la haine n'a pas de place. Après ces semaines de pérégrinations pendant lesquelles le mépris de l'homme pour l'homme s'était montré à moi dans toute son âpreté, le simple fait de pouvoir me reposer dans cette atmosphère m'apaisait.

J'allai prendre une douche et laver mes vêtements dans l'évier. Lorsque je revins dans ma cellule, j'y trouvai le moine hôtelier qui était venu voir si j'avais besoin de quelque chose. Nous parlâmes ensemble et je lui expliquai l'expérience que je tentais.

« Est-ce que vous avez souvent des Noirs qui viennent ici pendant quelques jours, mon Père ? demandai-je.

— Oh ! oui, répondit-il. Bien que je pense qu'il y en ait peu qui connaissent cet endroit.

— Nous sommes dans l'extrême Sud, fis-je remarquer. Quand vous avez des hôtes noirs, est-ce que cela crée des problèmes avec vos hôtes blancs ?

— Non, non... Le genre d'homme blanc qui vient chez les Trappistes — eh bien, il vient ici pour être dans une atmosphère dédiée à Dieu. Un tel homme pourrait difficilement garder un œil sur Dieu et l'autre sur la couleur de la peau de son voisin. »

Nous discutâmes des concepts religieux des racistes. Je lui dis combien je les avais souvent entendus invoquer Dieu, et puis quelques passages de la Bible, et inciter ceux dont les préjugés raciaux perdaient de leur virulence : « Priez, mon frère, de tout votre cœur avant d'accepter ces Nègres dans nos écoles et nos restaurants. »

Le moine se mit à rire. « N'est-ce pas Shakespeare qui dit quelque chose sur le fait que “ tout imbécile peut trouver un passage dans les Écritures pour étayer ses erreurs de jugement " ? Il connaissait les bigots. »

Je lui montrai la brochure que Robert Guste, un prêtre de La Nouvelle-Orléans, avait publiée sur la justice raciale, *Pour les hommes de bonne volonté.* Il détruit la plupart des clichés sur les Noirs, en particulier la malédiction divine qui les frappe à cause de leur couleur. Le Père Guste déclare : « Aucun érudit des questions bibliques ne voudrait donner son adhésion à une telle théorie. »

Le moine acquiesça. J'insistai sur ce point. « Y a-t-il un endroit dans la Bible qui la justifie — même par un effort d'imagination, mon Père ?

— Les érudits de la Bible ne font pas d'effort d'imagination — tout au moins ceux qui sont dignes de foi ne le font pas, dit-il. Voulez-vous attendre un instant ? J'ai quelque chose que vous devriez lire. »

Il revint presque immédiatement avec le livre de Maritain : *Scolastique et politique.*

« Maritain a des choses profondes à dire sur la religion des racistes, déclara-t-il en feuilletant le livre. Vous pourriez lire attentivement cette page. » Il marqua la page et me tendit le livre.

Le moine s'inclina et me quitta. J'écoutai le bruissement de son habit de bure épaisse tandis qu'il s'éloignait dans un silence impressionnant. J'eus ensuite la visite d'un jeune professeur d'anglais — originaire du Sud et d'une grande largeur d'esprit. Il me confia que ses idées libérales sur les Noirs étaient tellement opposées à celles de ses parents et de ses oncles qu'il ne retournait plus les voir chez lui. Nous parlâmes jusqu'à minuit. Il me proposa d'aller le lendemain avec lui rendre visite à Flannery O'Connor, mais je déclinai son offre ; disposant seulement de quelques heures, je trouvais qu'il fallait les passer au monastère.

Il s'en alla. La cellule était froide. Au-dehors, la campagne de Géorgie sommeillait. Comme je devais commencer la journée à deux heures du matin, je décidai de ne pas dormir. Je touchai le radiateur du chauffage central. Il ne dégageait pas l'ombre de chaleur. Le Maritain était sur le lit. Je me couchai et ouvris le livre à la page marquée par le moine.

Parlant de la religion des racistes, Maritain faisait les observations suivantes :

On invoque Dieu... et on L'invoque contre le Dieu de l'esprit, de l'intelligence et de l'amour — qui est ainsi exclu et haï. Quel extraordinaire phénomène spirituel : il y a des gens qui croient en Dieu et cependant ne connaissent pas Dieu. On affirme l'existence de Dieu et en même temps son image est défigurée et altérée.

Il va jusqu'à dire que cette sorte de religion qui refuse la sagesse, même si elle se réclame du christianisme, en réalité en est aussi éloignée que l'athéisme.

Je fus surpris que le philosophe français sût dépeindre aussi parfaitement les racistes de nos États du Sud. Puis je compris qu'il décrivait les racistes de tout temps et tout lieu — que c'est la caractéristique religieuse de tous les hommes qui se faussent l'esprit et prennent les préjugés raciaux pour une vertu, qu'ils fussent conseiller municipal blanc ou membre du Ku Klux Klan, Gauleiter nazi, partisan de la suprématie des Blancs en Afrique du Sud ou tout bonnement une vieille dame qui affirme : « Il n'y a pas pire que ces Italiens » (ou Espagnols, ou Anglais, ou Danois, etc.).

Je m'endormis et puis sortis en hurlant du vieux cauchemar habituel d'hommes et de femmes s'avançant vers moi pour me cerner. Je restai là étendu tout habillé, tremblant sous la lumière crue de l'ampoule du plafond. Je me sentis rougir de gêne d'avoir dérangé le silence des Trappistes. Il devait sûrement y avoir des moines dormant dans d'autres cellules, épuisés par le travail manuel et des heures d'oraison, qui avaient été réveillés par mes cris et se demandaient ce qui se passait.

Le 4 décembre.

Ce matin-là, je fus reconduit à Atlanta par le jeune professeur. Sur le bord de la route, les chênes rouges se détachaient, féeriques, sur le vert des prés. Je descendis en ville à l'hôtel Georgia, hôtel de luxe, où je fus traité de la façon la plus méfiante et impolie qui soit. Est-ce que le personnel avait des doutes sur ma « pureté raciale » ? Bien que j'eusse des bagages et des vêtements convenables, ils me firent payer d'avance et, comme je voulais téléphoner, ils m'obligèrent à descendre immédiatement régler la communication à la caisse. Je n'avais jamais reçu un pareil accueil dans un hôtel de premier ordre, et le leur dis, mais cela ne fit qu'augmenter leur inhospitalité. Je décidai de ne pas y rester.

Le photographe des vedettes noires, Don Rutledge, arriva de Rockvale, Tennessee, dans sa petite Renault, vers midi. Nous devions bâtir ensemble une histoire sur le thème : les personnalités noires d'Atlanta dans les affaires et la vie civique : nous avions aussi d'autres projets encore mal définis. Il me plut immédiatement. Grand, efflanqué, marié, père d'un enfant, c'était un homme qui avait la politesse du cœur.

Le 7 décembre.

Trois jours de travail intense, du matin au soir, et tard dans la nuit. Mes carnets d'interviews étaient remplis, mais le soir j'étais trop fatigué pour écrire mon journal et j'allais tout de suite au lit. Les chefs de file noirs, tels que l'avocat A. T. Walden, l'homme d'affaires T. M. Alexander, le Révérend Samuel Williams et le président de Morehouse, Dr Benjamin Mays, d'une personnalité impressionnante... et bien d'autres encore, nous fournirent l'aide et la coopération la plus totale.

J'étais arrivé à Atlanta convaincu que la situation des gens de couleur dans le sud était complètement désespérée du fait que les racistes ont la mainmise sur les ressources financières des Blancs et des Noirs ; et aussi parce que les Noirs n'arrivent pas à s'entendre entre eux.

Mais mon opinion changea à Atlanta. Atlanta avait fait un grand pas en avant pour prouver qu'il y avait une solution au « Problème » et pour nous montrer le moyen d'y parvenir. Bien que la ségrégation et la discrimination prévalent encore et soient la cause de grandes souffrances, de grands progrès ont été réalisés — des progrès qui doivent donner de l'espoir à tous les observateurs du Sud.

Il y a au moins trois raisons pour cela :

Tout d'abord la plus importante : les Noirs se sont unis avec ténacité dans un même but ; et Atlanta a plus d'hommes ayant des qualités de chef que toutes les autres villes du Sud — des hommes d'une instruction poussée, d'un grand dynamisme, aux idées larges.

Deuxièmement, comme l'un des dirigeants, Mr. T. M. Alexander, me l'expliquait, bien que l'État de Géorgie n'ait jamais eu un gouvernement philonègre, la ville d'Atlanta a depuis longtemps le privilège d'être administrée avec sagesse sous la direction de son maire, William B. Hartsfield.

Troisièmement, la Providence a doté la ville d'un journal, l'*Atlanta Constitution,* qui ne craint pas de prendre position pour ce qui est juste et bien. Son rédacteur le plus coté (actuellement éditeur), Ralph Mc Gill, un des lauréats du Prix Pulitzer, est qualifié d'une façon significative de « Rastus » par le conseil municipal blanc.

On ne soulignera jamais assez l'importance de ces

journaux du Sud qui savent prendre leurs responsabilités, alors que la plupart des autres, même les grands quotidiens de la capitale, ont adopté une politique timorée et à courte vue ou — pis encore — ont fait une telle propagande qu'on les croirait une émanation des Conseils et du Ku Klux Klan.

La liberté universelle a été défendue par un petit nombre de journaux dirigés par des hommes tels que Mark Ethridge, Hodding Carter, Easton King, Harry Golden, P. D. East, Ralph Mc Gill et quelques autres.

Mc Gill et ses collègues mettent en jeu leur fortune et leur réputation sur le postulat que le devoir sacré du journalisme est de découvrir la vérité et de la publier, et qu'alors, bien informées, les masses agiront pour le bien de la société et du pays. Le grand danger, dans le Sud, vient précisément du fait que le public n'est pas informé. Il est de notoriété publique que les journalistes esquivent leurs responsabilités d'informateurs et publient ce qu'ils croient susceptible de plaire à leurs lecteurs. Ils vont où souffle le vent et emploient tous les sophismes pour que leurs éditoriaux soient le reflet des préjugés courants. Ils ne perdent pas de vue que les Conseils, le Klan et d'autres groupes ultra-nationalistes peuvent user de représailles économiques en faisant pression sur leurs sources de publicité. De plus, ils adhèrent pour la plupart à la conjuration du silence qui, depuis des temps immémoriaux, dissimule tous les éléments vaguement favorables aux Noirs. Leurs réalisations sont prudemment omises, ou, quand elles s'imposent à l'attention, elles sont traitées avec toutes les précautions voulues pour éviter l'impression qu'un acte valable individuel est typique de la race noire.

Fait significatif, nous passâmes notre temps entre le quartier d'Auburn Street où les finances et les industries noires contrôlent près de quatre-vingts millions de dollars, et le quartier des six écoles secondaires noires. Ils sont en rapports étroits, car la plupart des grands hommes d'affaires sont rattachés aux écoles d'un niveau supérieur, soit comme professeurs, soit comme directeurs. De plus, tous ces hommes sont les directeurs spirituels de la communauté. Comme le déclara Alexander : « Il y a une chose dont nous sommes persuadés : si le pouvoir n'est pas étayé par la qualité, il en sera fait mauvais usage. »

Quelque vingt-cinq ans auparavant, deux hommes vinrent à Atlanta pour enseigner à l'université. Ils étaient tous deux économistes. Ils découvrirent qu'Atlanta était un centre intellectuel prospère pour les Noirs. Du temps de l'esclavage, toute tentative d'instruction des Noirs était sévèrement punie. Dans certains endroits on leur coupait la main droite s'ils apprenaient à lire et à écrire. Les Noirs estimaient donc l'instruction comme le seul moyen d'accéder au monde de la connaissance et de la dignité auquel il aspirait. Le climat était favorable pour tracer un programme qui les mènerait à la respectabilité économique. L. D. Milton et J. B. Blayton, les deux économistes, comprirent que les Noirs seraient à la merci des Blancs tant qu'ils dépendraient des banques blanches pour financer leurs projets d'amélioration et de développement. Ils comprirent que l'émancipation économique était la clef de la solution raciale. Tant qu'il leur fallait être subordonnés à des banques fondamentalement hostiles à leurs entreprises, ils ne feraient pas de progrès, puisqu'elles refuseraient simplement le crédit nécessaire à des projets qu'elles désapprouvaient.

En substance, voilà ce que dirent ces deux hommes : « Que chacun mette ses ressources, aussi minimes soient-elles, en commun avec celles des autres. » En réunissant de petites sommes qui seraient insignifiantes isolément, en faisant fructifier cette masse, ils pouvaient arriver à créer une puissance financière solide. Il en découla la fondation de deux banques à Atlanta. Je découvris qu'un cas s'était présenté récemment où les dirigeants noirs utilisèrent leur puissance économique d'une manière significative. Il devint nécessaire pour la communauté noire d'accroître son espace vital. Un quartier résidentiel blanc devint la pierre d'achoppement. Le comité du logement se réunit et Blancs et Noirs se mirent d'accord pour que les Noirs achètent ce pâté de maisons. Toutefois, les banques blanches refusèrent toute forme de crédit. Comme d'habitude, les dirigeants noirs organisèrent une réunion pour débattre le problème. Ils décidèrent de mettre de côté une importante somme d'argent qui servirait à faire des avances à tout acheteur éventuel. Après quatre de ces prêts, les banques blanches révisèrent leur attitude : « Ne nous tenez pas en dehors de ces opérations. Pourquoi ne nous laisseriez-vous pas nous occuper de quelques-uns de ces emprunts ? » Des transactions qui avaient été refusées quelques jours auparavant étaient maintenant les bienvenues.

Mais, bien que le financement soit la clef, il y a d'autres éléments aussi importants. L'instruction, le logement, l'accès à de meilleurs emplois et le droit de vote entrent en ligne de compte pour toute communauté en évolution. Dans Atlanta, le dirigeant noir, l'homme « arrivé », est profondément imbu de sa responsabilité envers la communauté. Ceci est vrai pour les médecins, les avocats, les éducateurs, les religieux et les hommes d'affaires.

« Il n'y a pas de “ moi je suis important ” et “ toi tu ne l'es pas ”, affirme T. M. Alexander, l'un des fondateurs de la Southeastern Fidelity Fire Insurance Company. Nous devons mettre en commun toutes nos ressources, matérielles et spirituelles, afin que l'on nous témoigne les égards qui nous permettront à tous de marcher dans la rue avec la dignité de citoyens américains. »

Sur le plan des études, Atlanta est réputée depuis longtemps. Avec des hommes de la classe de Benjamin Mays, président de Morehouse, et de Rufus Clement, président de l'Université d'Atlanta — pour ne mentionner que deux d'entre eux de renommée mondiale — le climat intellectuel est d'une haute qualité. Il n'y a qu'à voir les classes où professeurs et étudiants abordent en face les problèmes qui sont l'obsession de cette contrée, en particulier le problème racial. Je visitai la classe de sociologie de

Spellmann College où le Dr Moreland (Mrs. Charles Moreland) houspillait, critiquait, provoquait ses élèves pour les forcer à penser et à s'exprimer. Cette magnifique jeune femme d'une intelligence brillante a, comme ses étudiants, horreur de l'idée qu'en Amérique un homme doive « mériter » le droit d'être un citoyen à part entière. Mais, par ailleurs, elle et ses collègues pensent que chaque citoyen doit être capable de remplir ses devoirs civiques. Pendant un des cours auquel j'assistai, un étudiant assumait le rôle de raciste blanc et devait défendre sa position vis-à-vis de ses camarades. Ce fut une séance brutale et révélatrice. La confrontation avec des racistes blancs était certes cruelle. Les étudiants avaient de meilleures manières, plus de connaissances et infiniment plus de discernement.

Tous les dirigeants sont intéressés par l'amélioration de l'habitat. Beaucoup d'hommes exerçant des professions libérales, en particulier les médecins comme F Earl Mc London, ont contribué à la cause en développant les quartiers résidentiels.

Atlanta, en fait, a des demeures noires splendides qui s'étendent sur des kilomètres. Cela détruit le cliché que la valeur des immeubles d'un quartier baisse quand des Noirs s'y installent. Chaque fois qu'ils ont acheté des maisons à des Blancs, ils les ont améliorées et même ils en ont bâti d'autres plus belles encore. La conclusion est simple. Essayer de fixer le plus possible de Noirs dans leurs propres maisons.

Le quatrième élément, le vote, le droit des gouvernés à se gouverner eux-mêmes, a été depuis longtemps un des buts de prédilection de tous les penseurs d'Atlanta. Toutes les personnalités dans les affaires, les carrières libérales, municipales, sont aussi des dirigeants politiques. En 1949, les démocrates, sous A. T. Walden, et les républicains, sous John Wesley Dobbs, se sont unis pour former la Ligue des électeurs noirs d'Atlanta, et le Noir commença à avoir son mot à dire sur le régime. Sa position n'a fait que s'améliorer et se renforcer. Grâce à cette ligne de conduite politique, ils arrivèrent en 1955 à faire élire le président de l'Université d'Atlanta, Rufus E. Clement, au conseil de l'enseignement primaire de la ville. Il fut ainsi le premier Noir ayant un pouvoir électif en Géorgie depuis la Restauration[1]. Tous apprécient hautement le concours qu'ils reçoivent de l'administration municipale dirigée avec équité par le maire Hartsfield. A peu près seul parmi les politiciens du Sud, Hartsfield ne s'est pas abaissé à obtenir des votes aux dépens des Noirs. Il est la preuve qu'un homme peut, après tout, défendre la justice et la loi constitutionnelle sans pour cela sacrifier sa carrière politique.

Benjamin Mays. J. B. Blayton, L. D. Milton. A. T. Walden, John Wesley Dobbs, Norris Hernden de l'Atlantic Life Insurance Company, le banquier-pharmacien C. R. Yates, W. J. Shaw, E. M. Martin, Rév. Samuel Williams, Rév. William Holmes Borders, Rév. H. I. Bearden, Rév. Martin Luther King

1. Bardolph *The Negro Vanguard,* New York, Rinehard Co. 1959.

Sr et son fils Martin Luther King Hr. —, tous ont contribué et continuent à contribuer au rêve américain dans son meilleur sens.

Je revois ces images choisies au hasard.

L'expression de plus en plus préoccupée et peut-être mortifiée du photographe Don Rutledge tandis que je l'amenais chez les uns et chez les autres — le souci et l'humiliation de réaliser que ces hommes, ces scènes, ces idéaux sont inconnus de la plupart des Américains et totalement inaccessibles aux racistes du Sud. Son expression était cependant mitigée de joie ;

L'étonnement et l'amusement intense que l'intelligente figure du Dr Benjamin Mays manifesta lorsque je lui confiai mes dernières aventures ;

Après que Rosalyn Pope eut joué magnifiquement la *Toccata* de Bach en ré, elle me parla de son intention d'aller à Paris étudier le piano pendant un an — son air désorienté à la perspective nouvelle de vivre dans une grande ville où elle pourrait se gaver de concerts tout son saoul, où toutes les portes lui seraient ouvertes, où elle serait tout simplement un être humain et non pas la « Négresse » que l'on éconduit ;

La soirée passée chez T. M. Alexander, la conversation avec sa femme et ses enfants si intelligents. « Nous savons parfaitement qu'il nous faudra mettre les bouchées doubles pour être à la hauteur. » Ils sont résolus, comme les autres membres de la communauté, à faire tout ce qui est en leur pouvoir pour effacer l'image du Noir bruyant, effronté, arriviste et « arrivé » ;

Longue conversation avec le Révérend Samuel Williams dans son salon. Un homme énergique, mais tranquille, à l'esprit éclairé. Professeur de philosophie. « J'ai passé des années, me confia-t-il, à étudier le phénomène de l'amour.

— Et moi, j'ai passé des années à étudier le phénomène de la justice.

— Le principe étant identique, nous avons passé des années à étudier la même chose. »

Il était temps de partir. Ma mission avec Rutledge était terminée à Atlanta. Il avait hâte de retrouver sa femme et ses enfants. Je lui demandai s'il connaissait un très bon photographe à La Nouvelle-Orléans, car je voulais retourner sur le champ de bataille et y fixer mon image comme Noir. Ce projet l'emballa et il décida de venir en voiture avec moi afin d'opérer lui-même.

Le 9 décembre.

A La Nouvelle-Orléans, je repris mon identité de Noir et nous retournâmes dans les différents lieux que j'avais fréquentés, afin de prendre des clichés. Ce qui s'avéra difficile. Un Noir photographié par un Blanc éveille la méfiance. Les Blancs avaient tendance à se demander : « Qui est cette célébrité noire ? » et à présumer que j'étais plein de prétentions. Cela éveillait également la curiosité des Noirs. Les « oncles Tom » estiment que chacun des leurs devrait enfoncer sa tête dans le sable et faire semblant de ne pas exister. Ils se méfient d'un Noir assez en vue pour être photographié par un Blanc. D'autres craignaient que je fusse un « oncle Tom » passant dans le camp des Blancs.

Nous étions convenus de nous trouver en même temps aux mêmes endroits, mais de prétendre ne pas nous connaître. Rutledge avait l'air d'être simplement un touriste de plus en train de prendre des photos, et moi, je me trouvais par hasard devant l'objectif.

Un jour, nous fûmes aidés d'une façon inattendue. Il s'approcha d'un étalage de fruits au Marché Français et se mit à prendre des photos. Venant d'une autre direction, je m'approchai pour acheter quelques noix et une pomme. Je fus servi par une femme âgée et polie, tandis qu'une autre un peu plus loin parlait à Rutledge. Elle lui conseillait : « Pourquoi ne vous dépêchez-vous pas de prendre ce drôle de vieux Nègre avant qu'il ne parte ?

— En effet, pourquoi pas ? » répondit-il.

Et moi, prétendant ignorer ce qui se tramait, j'eus l'obligeance de traîner autour des boutiques de fruits.

Une heure après, nous allâmes au marché au poisson. J'étais en train de débattre des prix lorsque, à ce moment précis, Rutledge s'approcha du marchand et lui demanda la permission de le photographier à son étalage. Le vendeur était ravi. Il me laissa debout devant son comptoir et alla poser tenant un poisson géant dans la main. Je le suivis, faisant semblant de croire que c'était le poisson qu'il allait me vendre. S'efforçant de ne pas être impoli avec moi, il s'employa néanmoins par tous les moyens à m'exclure de la photo et, en fin de compte, comme je ne le quittais pas d'une semelle, il s'irrita et m'avertit que les clients n'avaient pas le droit de se mettre derrière le comptoir. Puis, lorsque Rutledge déclara : « Comme cela c'est parfait, ne bougez plus », l'homme prit la pose et fit son sourire le plus engageant. Rutledge me fit signe de la tête pour m'indiquer qu'il avait terminé, je m'éloignai donc d'un air nonchalant.

Nous retournâmes voir mon ami le cireur de chaussures ; avec lui, il n'y avait pas de problème, car mon ancien associé, Sterling Williams, était intelligent et compréhensif. Autrement il nous fallait faire diligence dans notre travail et disparaître avant qu'un rassemblement ne se forme et que les questions ne commencent à fuser.

L'expérience pouvait être considérée sous un angle plus subtil qui n'échappa point à Rutledge. Être accompagné d'un Noir le faisait toucher le vif du problème. Il pouvait profiter de n'importe quel cabinet, source d'eau potable, entrer dans un quelconque café se faire servir tout ce qu'il voulait ; mais il ne pouvait pas m'amener avec lui. Inutile de dire qu'il avait beaucoup trop de savoir-vivre pour le faire sans moi, et il nous arriva bien souvent de devoir nous passer de boire.

Le 14 décembre.

Finalement les photos étaient prises, l'expérience terminée, et je repris définitivement mon identité blanche. J'étais singulièrement triste de quitter cet univers noir auquel je m'étais associé si longtemps — c'était comme si je fuyais ma part de souffrance et de peine.

Le 15 décembre, Mansfield, Texas.

Installé dans l'avion à réaction cet après-midi, je quittai La Nouvelle-Orléans pour rentrer chez moi, regardant par le hublot, très loin au-dessous de nous, les méandres d'une campagne hivernale. Et je fus envahi par un flot d'amour pour cette terre et une profonde appréhension de la tâche que j'avais devant moi — propager des vérités qui allaient soulever contre moi et ma famille la vindicte des champions de la haine.

Mais, pour l'instant, l'heureuse expectative de revoir ma femme et mes enfants après une séparation de sept semaines l'emportait sur tout autre sentiment.

Lorsque l'avion atterrit, je me dépêchai de prendre mes bagages et de me diriger vers la sortie. Bientôt la voiture arriva avec les enfants criant et agitant les mains par la fenêtre. Quelle allégresse de se trouver tous réunis à nouveau, avec leurs baisers et leurs bras autour du cou. Et, au même instant, l'image de cet univers de préjugés et de sectarisme d'où j'arrivais traversa mon esprit et je me surpris à murmurer : « Oh ! Dieu, comment des hommes peuvent-ils agir ainsi alors qu'il existe dans la vie des choses aussi douces ? »

Les visages de ma femme et de ma mère exprimaient le soulagement de savoir que c'était fini. Pour fêter mon retour à la lumière et à la tendresse, nous organisâmes une soirée de réjouissances empreinte d'amour familial. La campagne embaumait des vestiges d'un automne attardé. Nous parlâmes très peu de mon expérience. C'était trop proche, trop douloureux. Nous parlâmes des enfants, avec les enfants, des chats et des animaux de la ferme.

Le 2 janvier 1960.

Mr. Levitan, le propriétaire de *Sepia,* me téléphona pour me demander de participer, avec Mrs. Jackson, à une conférence de rédacteurs. Bien que le magazine eût financé ce voyage et que j'eusse de mon côté promis en échange des articles, il me donna la possibilité de me dégager. « Cela va provoquer des réactions violentes, dit-il. On ne désire pas vous voir tué. Qu'est-ce que vous en pensez ? Est-ce que l'on ne ferait pas mieux d'enterrer tout cela ?

— Ai-je bien compris que vous êtes prêt à faire table rase de mes engagements, après tout ce que vous en attendiez ? m'étonnai-je.

— Je ne marcherai que si vous insistez, affirma-t-il.

— Alors je crois qu'il faut y aller », répondis-je, souhaitant de tout cœur pouvoir tout laisser tomber. Mais, contrairement à la plupart des magazines, *Sepia* a beaucoup de lecteurs noirs dans l'extrême Sud. J'estimais que c'était le meilleur moyen de leur faire savoir qu'on connaissait leur situation, que le monde savait sur eux plus de choses qu'ils ne le soupçonnaient, le meilleur moyen de leur donner de l'espoir.

Le grand public serait donc informé au début de mars. Nous étions en janvier. J'avais deux mois pour travailler avant que les éléments ne se déchaînent.

Le 26 février.

Le délai tirait à sa fin. L'histoire commençait à se répandre. J'avais passé des semaines à travailler, étudiant et comparant des statistiques, compulsant des rapports qui, d'ailleurs, n'arrivaient pas à faire concevoir ce que cela représente d'être en butte à des mesures discriminatoires. Ils oblitèrent la vérité presque plus qu'ils ne la révèlent. Je décidai de mettre toutes ces paperasses de côté et simplement de publier mon aventure.

Appel téléphonique de Hollywood. Paul Coates me demandait si je voulais être interviewé au cours de son programme de télévision. J'acceptai.

Le 14 mars.

La première émission de Coates fut télévisée localement après une grande publicité dans les journaux pendant le week-end. Je crois que presque tous les téléspectateurs de la région regardèrent l'émission.

A la fin du programme, comme Paul Coates annonçait que nous reviendrions le « lendemain » pour continuer l'interview, notre attention se porta sur le téléphone. Nous réalisâmes que maintenant nos voisins savaient, toute la région de Dallas-Fort Worth savait.

Le téléphone se mit à sonner. Je pris le récepteur en me demandant ce que j'allais répondre si je me faisais injurier. C'était Penn et L. A. Jones de Midlothian. Ils parlèrent longtemps. Je compris qu'ils voulaient bloquer la ligne pour empêcher les coups de téléphone malveillants. Finalement, au bout d'une heure, nous nous séparâmes. Immédiatement après, mes parents appelèrent pour nous féliciter. Leur voix était pleine d'appréhension, mais ils approuvaient sincèrement ce que j'avais dit.

Et puis, le silence. Nous restâmes assis à attendre. Le silence était si anormal, si menaçant qu'il nous écrasait. Est-ce qu'aucun de mes amis, aucun autre membre de ma famille n'allait m'appeler ?

Le 17 mars.

Suis allé en avion à New York il y a deux jours. Ce matin, interview au *Time* magazine dans les nouveaux bureaux. Ils ont pris des photos et m'ont traité avec une grande cordialité. Pendant que j'étais à *Time,* l'émission de Dave Ganoway appela. Nous devions avoir une interview préliminaire à cinq heures cet après-midi.

Incapable de rester sans nouvelles de chez moi, je retournai dans ma chambre et téléphonai à Mansfield. A la suite des deux interviews Paul Coates, ma mère avait reçu le premier appel téléphonique de menaces : une femme qui n'avait pas voulu se nommer. La conversation s'était engagée assez poliment. La femme lui disait qu'en ville on ne comprenait pas comment je pouvais m'attaquer à ma propre race. Ma mère lui affirma que ce que j'avais fait était justement *pour* ma race. La femme répondit : « Mais comment, il a tout simplement ouvert la porte à deux battants à tous ces Nègres, après tout le mal que nous nous sommes *tous* donné pour nous préserver. » Puis elle devint injurieuse et réussit à terroriser ma mère en lui annonçant : « Si vous pouviez entendre ce qu'ils ont l'intention de lui faire subir si jamais il revient à Mansfield....

— Qui a l'intention ? demanda ma mère.

— C'est bon. Vous devriez aller voir à Curry's (un café où les gens se réunissaient le soir sur la grand-route à l'entrée de Mansfield, tenu par de féroces ségrégationnistes). Vous vous arrangeriez pour qu'il ne se montre plus jamais à Mansfield. »

Ma mère me dit qu'elle se sentait mieux depuis que nous avions parlé. Elle ne s'était jamais trouvée auparavant confrontée avec une telle violence. Elle alla voir ma femme et toutes deux restèrent assises ensemble, effrayées. Elles appelèrent ensuite Penn Jones, qui vint immédiatement et se mit à leur disposition. Écœuré par ces attaques qui avaient pour but de m'atteindre au moyen de la terreur de ma mère, j'appelai aussitôt la police et lui demandai de surveiller ma demeure et celle de mes parents.

Le 18 mars.

Ganoway était un homme très impressionnant. Lorsque finalement nous nous rencontrâmes ce matin-là, avant de partir pour les prises de vues, je lui dis succinctement que je craignais pour lui de sérieuses représailles du Sud à la suite de mon interview. Il était là, dans toute son ampleur, beaucoup plus grand qu'il ne le paraît sur la scène. Je lui précisai que je pèserais toutes mes réponses. Il se pencha vers moi et répondit : « Mr. Griffin — John — permettez-moi de vous demander une seule chose. »

Je me raidis intérieurement contre sa requête, craignant qu'il ne me demandât de me freiner. « Contentez-vous de dire la vérité aussi honnêtement et franchement que vous le pouvez et ne vous inquiétez pas de mes commanditaires ou de quoi que ce soit d'autre. Gardez votre lucidité d'esprit afin de pouvoir répondre à toutes mes questions. Oubliez tout le reste pour ne vous souvenir que de cela. »

Son attitude augmenta considérablement la confiance que je pouvais avoir dans les personnages publics. Les prises de vues durèrent vingt minutes et il me posa des questions directes sans user de faux-fuyants. Avant la fin de l'interview, nous étions tous les deux très émus. Pour terminer, il me posa des questions sur la discrimination dans le Nord. Je lui répondis que je n'étais pas qualifié pour avoir une opinion. Je lui expliquai que les racistes du Sud objectaient invariablement que tout ne marchait pas si bien non plus dans le Nord — ce qui est indiscutable — comme si cela justifiait leur iniquité dans le Sud.

Le 23 mars.

Ce fut un week-end bien rempli. Je restai de plus en plus dans ma chambre, entre les interviews et les entretiens avec Mr. Levitan et Benn Hall, homme du P. R., pendant qu'une suite ininterrompue de visiteurs déferlait dans l'appartement de Mr. Levitan.

Le mardi, je fis un documentaire pour la Télévision avec Harry Golden. Le soir, c'était le programme de Mike Wallace, et ensuite une longue interview pendant l'émission de Long John de minuit à quatre heures trente du matin. Je ne dormais pas.

Benn Hall m'offrit des tranquillisants, mais je n'osai pas en prendre de peur que cela n'achève de me brouiller les idées.

L'article dans le *Time* devait paraître ce soir-là. J'étais impatient de voir comment ils avaient traité le sujet. Mais ce qui me rendait le plus nerveux, c'était l'émission de Mike Wallace, et je dis à Benn Hall que si Wallace me posait ne serait-ce qu'une question mal à propos, je me lèverais et je partirais. Il m'affirma que Wallace serait compréhensif, mais je conservais des doutes à cet égard. J'avais surtout très peur qu'il ne m'entraîne dans une discussion religieuse, soulignant que j'étais catholique romain de manière à me mettre dans une position embarrassante vis-à-vis de l'Église.

Le programme Golden se déroula sans encombre. C'était facile, avec le directeur qui s'efforçait de donner un ton naturel et de m'encourager. Je pris un mauvais départ, mais nous recommençâmes depuis le début et, en fin de compte, ce fut réussi.

Puis, dans la soirée, Benn Hall vint me chercher. Nous prîmes un taxi pour aller au bureau de Mike Wallace, nous arrêtant en route au coin de Broadway et de la 14e rue pour acheter un numéro du *Time.* Il était près de huit heures du soir et il tombait une pluie fine et pénétrante. Benn me laissa dans un tabac et traversa la rue en courant pour chercher le magazine. Un instant après, il revenait avec deux exemplaires. Leur version de l'histoire était bonne — ils l'avaient transcrite telle quelle. Soulagés, nous marchâmes jusqu'au bureau de Wallace.

Lorsque nous entrâmes, Wallace se leva et vint nous donner une poignée de main. Je fus étonné de lui trouver l'air tellement plus jeune que je ne m'y attendais ; mais il avait aussi l'air fatigué et mal à l'aise. Il m'offrit un siège et sans prétention me demanda si je voulais voir les questions qu'il comptait me poser. Je déclinai son offre. Il semblait savoir que je me méfiais de lui et que cette interview ne m'enthousiasmait pas. Il cherchait maladroitement ses mots et il me devint soudain sympathique. Par ce qu'il me laissait entendre (« Nous avons fait une enquête approfondie sur vous »), j'étais médusé — il connaissait des détails sur le voyage, l'identité des gens chez qui j'avais habité — un grand nombre de choses que j'avais essayé de cacher afin de ne pas créer des ennuis à ceux que j'avais connus.

« S'il vous plaît, implorai-je, ne nommez pas ces personnes à la radio. J'aurais peur de mettre leur vie en péril, et ils furent mes amis.

— Que diable, je ne ferai pas la moindre chose qui puisse leur nuire, affirma-t-il. Écoutez, je suis de votre bord.

— Comment avez-vous découvert tout cela ? demandai-je.

— Oh ! cela fait partie de notre travail », dit-il.

Nous étions assis dans son bureau, tous les deux abattus, tous les deux morts de fatigue. La conversation se traînait. Il me demanda comment marchaient les émissions Coates, me dit qu'il en avait eu des échos excellents. « Cela m'incite à faire mieux encore, dit-il.

— Il disposait d'une heure — vous n'avez qu'une demi-heure », fis-je remarquer.

Il sortit une bouteille de whisky de son bureau et m'offrit à boire. Je refusai. « Écoutez, John, nom d'un chien, je sais que vous n'avez pas cessé de répondre à des questions pour toutes ces interviews à la télévision et dans les journaux ; mais ne voudriez-vous pas rassembler tous vos moyens et véritablement travailler pour moi ce soir ?

— De toute façon je le ferai, c'est pour moi un cas de conscience, répondis-je.

— Voulez-vous que je vous dise une chose, avoua-t-il. Vous me faites une peur bleue : vous comprenez, un homme capable de faire ce que vous avez fait...

— Alors, vous ne me connaissez pas aussi bien que je le croyais, dis-je. La vérité, c'est que j'ai une peur bleue de vous. »

Il éclata de rire. « Eh bien, je vous affirme que vous n'avez aucune raison pour cela. »

Nous reprîmes de l'entrain. Tous les deux persuadés que ça allait marcher.

Nous montâmes sur une estrade où il n'y avait que deux chaises et un attirail de fumeur. Les techniciens et le directeur de la prise de vues nous arrangèrent, firent disparaître les câbles du champ visuel, nous fixèrent des microphones sur le cou, nous donnèrent leurs instructions. Wallace ne s'arrêtait pas de fumer et me souriait tout en lançant des bordées d'injures en réponse aux ordres qu'on nous criait. « N'oubliez pas, me dit-il : nous devons en une demi-heure faire aussi bien que vous avez fait en une heure avec Paul.

— Je parlerai vite », affirmai-je, plongeant au-delà des projecteurs dans l'enchevêtrement obscur des appareils de prise de vues.

On mit en marche la minuterie du chronomètre. Les lumières rouges s'allumèrent. Wallace parla et fuma. Il me bombarda de questions intelligentes, absorbant mon attention, m'encourageant. Ce fut un moment d'une grande intensité. Je répondais, oubliant tout ce qui n'était pas lui et ses questions. Ma fatigue s'envola. Je n'étais plus que fasciné. Nous étions soutenus par la passion. Quand ce fut terminé, je réalisai alors que cela s'était bien passé. Et quand le contact fut coupé, Wallace s'écria : « Au poil. Arrêtez tout et enregistrez immédiatement. »

Ce fut une expérience extraordinaire. Je n'ai jamais été interviewé d'une façon aussi magistrale.

Le 1er avril.

La Radio-Télévision française envoya de Paris, par avion, une équipe de cinq hommes pour faire une émission chez moi à Mansfield. Trois jours d'une grande activité, avec Pierre Dumayet, le radio-reporter, et Claude Loursais, le directeur de *Cinq Colonnes à la une*. Je les ai amenés à l'avion de retour hier soir, et c'est seulement alors que j'ai trouvé le temps de me mettre au travail. Mais cela n'était pas facile. Car l'histoire avait franchi les frontières, et je recevais sans interruption des lettres, des télégrammes et des coups de téléphone.

La situation locale était bizarre. Je n'avais de contact avec personne en ville et personne ne cherchait à me joindre. Néanmoins, je savais qu'on discutait fiévreusement de moi dans les magasins et dans la rue — que le pharmacien et deux autres avaient pris ma défense quand les attaques étaient devenues trop virulentes. J'évitais d'aller dans le centre, d'entrer dans un magasin de peur de gêner des gens qui avaient été de mes amis.

Le restaurant situé au bord de la route, lieu de rencontre des ségrégationnistes, arborait un nouveau panneau. Pendant un certain temps on put voir : NOUS NE SERVONS PAS LES NOIRS. Puis ce fut remplacé par une pancarte plus grande : BLANCS SEULEMENT. Maintenant il y avait en plus : ENTRÉE INTERDITE AUX ALBINOS. Ce qui indigna mes parents et m'amusa beaucoup. J'étais surpris et content de découvrir qu'après tout Foy Curry, le propriétaire du restaurant, avait de l'esprit.

Le principal objet de litige parmi les femmes de la ville était de décider si mon action avait été « chrétienne » ou pas. J'ai l'impression que peu d'entre elles m'approuvèrent, mais qu'au moins un grand nombre comprirent que j'avais œuvré autant pour elles et leurs enfants que pour les Noirs. Indéniablement, jusqu'à présent, mon courrier débordait de félicitations. Je commençais à espérer que j'avais été trop pessimiste et qu'après tout nous pourrions peut-être vivre à Mansfield dans une atmosphère de paix et de compréhension.

Le 2 avril.

Je fus réveillé ce matin par le téléphone. Je regardai par la fenêtre les champs et les bois, paysage printanier, serein, et je soulevai le récepteur. Un appel interurbain du *Star Telegram* de Fort Worth. Qu'est-ce qu'ils pouvaient me vouloir ? Je me posai la question étant donné qu'ils n'avaient pas publié un iota de mon aventure. Un reporter me parla. Il me demanda avec circonspection comment cela se passait.

« Bien, autant que je puisse m'en rendre compte, répondis-je.

— Vous ne semblez pas troublé », fit-il remarquer.

Je commençai à me sentir inquiet.

« Pourquoi le serais-je ?

— Vous voulez dire que vous n'êtes pas au courant ?

— De quoi ?

— On vous a pendu ce matin en effigie sur le câble du feu rouge au centre de la ville, dans Main Street.

— A Mansfield ? demandai-je.

— C'est cela. » Il me dit que le *Star Telegram* avait appris ce forfait des racistes par un coup de téléphone anonyme. Le journal avait contrôlé le renseignement auprès du commissariat de police qui avait confirmé qu'un mannequin, mi-blanc mi-noir, mon nom épinglé dessus, avec une bande jaune peinte dans le dos, était accroché au câble.

« Qu'est-ce que vous en pensez ? me demanda le reporter.

— Je le déplore, dis-je. Cela ne peut que jeter le discrédit sur la ville.

— Ce que vous avez fait semble avoir mis l'opinion publique en ébullition. Les langues vont leur train à Mansfield. Est-ce que vous considérez ceci comme une menace réelle ?

— Comment le saurais-je ?

— Croyez-vous votre vie en danger ?

— Je n'en ai pas la moindre idée.

— Qu'allez-vous faire de cette histoire de pendaison ?

— L'ignorer.

— Vous n'irez même pas en ville pour la voir ?

— Non... ce genre de chose n'est pas intéressant, dis-je.

— Croyez-vous que c'est l'expression de l'opinion courante dans la ville ?

— Je suis convaincu que non. »

Le reporter me remercia d'avoir répondu à ses questions. Il me dit qu'ils avaient envoyé quelqu'un pour photographier le mannequin.

Le reporter me rappela. Il se demandait, et moi aussi, comment cette chose avait pu se passer dans Main Street alors qu'en principe il y a un agent de service toute la nuit. Il me précisa qu'un épicier avait découvert le mannequin à cinq heures du matin en allant à son travail, qu'il avait appelé le sergent de ville et lui avait dit de « décrocher ce truc abominable ». Le sergent de ville l'avait décroché et jeté sur le tas d'ordures, mais lorsque le reporter et le photographe arrivèrent à Mansfield, quelqu'un l'avait extirpé des ordures et accroché à un poteau indicateur sur lequel était inscrit : $ 25 000 D'AMENDE A QUICONQUE DÉPOSE DES CADAVRES D'ANIMAUX SUR LE TAS D'ORDURES.

Les habitants de la ville se tinrent cois. J'attendis qu'un seul, n'importe lequel, vienne me dire : « Nous ne partageons peut-être pas vos opinions, mais nous trouvons que cette pendaison est une chose honteuse. » Leur silence était éloquent et accablant. Ma déception croissait au fur et à mesure que la journée s'écoulait. Est-ce que leur mutisme signifiait qu'ils ne condamnaient pas ce simulacre de pendaison ? L'inquiétude de ma famille devenait de la terreur. Mes parents et ma belle-mère nous supplièrent d'emmener les enfants ailleurs jusqu'à ce que les esprits s'apaisent.

L'édition du soir du *Star Telegram* publiait en première page un article de tête de six colonnes annonçant la pendaison en effigie. Margaret Ann Turner (Mrs. Decherd Turner), qui avait appris la nouvelle à la T.V., nous appela de Dallas pour annoncer qu'elle venait chercher les enfants. Nous téléphonâmes aux Joneses à Midlothian et puis nous rappelâmes les Turner. Decherd déclara qu'il nous fallait aller vivre avec eux tant que subsistait la moindre menace de danger. Les Joneses nous invitèrent aussi, mais ils estimaient qu'il était peut-être préférable pour nous d'aller à Dallas où, d'après eux, je bénéficiais de beaucoup d'appuis.

Dans de telles occasions, la moindre manifestation de sympathie de la part de qui que ce soit est un acte de courage. Mon père qui avait été en ville, par défi je présume, revint presque joyeux. Il avait été dans l'épicerie où il se fournissait habituellement, et aussitôt ce fut le silence. Puis l'un des propriétaires, au fond, au comptoir de viande, lui dit bonjour.

« Je ne savais pas si je serais encore le bienvenu, fit remarquer mon père.

— Nom d'un chien, vous devriez le savoir, cria l'épicier.

— Je ne sais pas — après tout ce qui s'est passé. J'avais peur que si l'on me voyait entrer dans votre magasin vous ne soyez boycotté.

— C'est justement ce genre de clientèle-là dont je ne voudrais pas », dit l'épicier.

En de pareils jours, c'était de l'héroïsme. Il y avait une personne dans la ville qui osait exprimer son opinion.

Vint le moment d'emmener ma femme et mes enfants à Dallas. Decherd Turner avait appelé à nouveau pour me dire d'apporter ma machine à écrire et du travail courant. « Nous avons arrangé ici pour vous un bureau à la Bridwell Library », dit-il. La librairie de la Southern Methodist University School of Theology.

« Cela, je le refuse. Ce sera sûrement découvert et il y aura un tintouin du diable parce que la S.M.U. aura proposé de m'abriter. Je suis trop impopulaire.

Je ne veux mettre ni vous ni eux dans une position gênante. »

Il insista. Il me dit qu'ils seraient honorés de m'héberger, de mettre à ma disposition la bibliothèque et de faciliter sous n'importe quelle forme mes travaux de recherche. Ils me demandèrent même de faire des conférences aux étudiants.

Sur la route qui va de ma maison à celle de mes parents, les voisins proches me firent un signe amical de la main, mais ceux qui étaient près de la grand-route — avec qui nous avions entretenu des rapports amicaux — me jetèrent un regard d'une hostilité glaçante. En traversant la ville, je me trouvai en butte à la réprobation universelle. Au deuxième feu rouge, un camion vint se ranger à côté de moi et un jeune homme coiffé d'un chapeau de cow-boy regarda dans ma voiture. Il me dit qu'il avait appris qu' « ils » avaient l'intention de venir me castrer, que la date était déjà fixée. Il m'annonça cela froidement, sans émotion, sans me menacer ni exprimer de sympathie, exactement de la même façon dont on dirait : « Les prévisions météorologiques ont annoncé de la pluie pour demain. » Je le regardai, sans le reconnaître, et je me sentis devenir rouge de confusion d'être donné en spectacle publiquement. Après son départ, je fus convaincu qu'il insinuait que ce projet venait du dehors, et non pas d'un de mes concitoyens.

Lorsque j'arrivai chez moi, les bagages étaient terminés. Ma belle-mère me dit qu'en ville les gens croyaient que la pendaison de mon effigie était l'œuvre d'un « étranger ». Je lui répondis que je n'avais aucun moyen de le savoir, mais que je voudrais bien en être convaincu.

Le 7 avril.

Le *Star Telegram* publia un récit excellent et fidèle qui commentait la pendaison du mannequin. Cela rendait les choses compréhensibles, expliquait les mobiles et mettait certainement la question sur un plan plus élevé que la ségrégation et la déségrégation.

Mais j'appris encore qu'une croix avait été brûlée non loin de notre maison à l'école des Noirs, et quelqu'un fit remarquer qu'on aurait dû la brûler chez moi. J'aurais voulu qu'ils le fissent, oui, je l'aurais voulu — cela eût bien mieux valu que de la brûler à l'école.

Les Turner nous empilèrent dans leur maison. Le soulagement de se trouver là entouré d'amis, loin de l'hostilité et des menaces des brutes et des castreurs, fut si intense que nous nous effondrâmes, soudain épuisés.

Le 11 avril.

Nous retournâmes à Mansfield, décidés à ne plus nous cacher. Le flot de lettres continuait, encourageantes, amicales et touchantes. La plupart des gens d'autres régions, y compris de l'extrême Sud, avaient saisi mon point de vue, et cependant la situation chez moi demeurait inquiétante. Les habitants de la ville voulaient « maintenir la paix » à n'importe quel prix. Ils disaient que j'avais « fomenté des dissensions ». Cela était louable et tragique. Moi aussi, je suis pour la paix ; mais la seule façon de l'avoir est d'abord d'assurer la justice. En cette circonstance, « maintenir la paix » implique la négation de toutes les paix — car tant que nous admettons les injustices d'un groupe restreint mais puissant, nous renonçons à un équilibre social, à toute paix véritable, à toute confiance dans les bonnes intentions de l'homme à l'égard des autres hommes.

Le 19 juin, Fathers' Day.

Sur les six mille lettres que j'avais reçues jusqu'alors, il y en avait seulement neuf d'invectives. Beaucoup de ces lettres élogieuses étaient envoyées par des Blancs des États de l'extrême Sud. Cela étaya ma conviction qu'en général le Blanc du Sud est mieux intentionné qu'il n'ose le manifester à ses voisins, qu'il a plus peur des racistes blancs que des Noirs.

Le juge Bok m'envoya un exemplaire de l'allocution qu'il avait prononcée à Radcliffe. Il présente la situation clairement :

« Je suis un Vieil Homme Courroucé par la ségrégation raciale. Je vis dans une ville où vingt-cinq pour cent de la population est noire et je doute que le pourcentage soit beaucoup plus élevé, sauf d'une façon sporadique, dans les onze États de la Guerre de Sécession. Je suis irrité de m'entendre dire que je ne peux pas comprendre le problème. Je ne crois pas qu'on ait besoin de génie pour entrer au cœur d'une situation à laquelle la magnanimité du Sud contribua, entre autres choses, en lui donnant les mulâtres. Le fait d'invoquer l'incompréhension et la nécessité de laisser faire le temps est seulement un prétexte pour faire peu ou rien, ce qui depuis près de cent ans convient parfaitement au Sud... Avec tous ces pieux propos contre le Communisme, le conflit actuel sur l'intégration fait le jeu des communistes presque mieux qu'eux-mêmes ne le font. Honte à nous, alors que nous devrions tout faire pour rénover et perfectionner nos méthodes... C'est seulement le mélange d'ignorance et de vanité d'une fraction de la population du pays qui lui fait assumer le privilège exclusif de pouvoir comprendre les conditions dans lesquelles elle vit. Je ne supporte pas ceux qui aiment l'humanité mais sont cruels et méprisants envers les individus[1]. »

Je travaillai toute la journée et allai ensuite chez moi où je pris une douche froide. Comme je retournais à mon bureau dans la soirée, je fus impressionné par la désolation d'une petite ville un dimanche de

1. Curtis Bok, juge à la Cour suprême de Pennsylvanie, allocution au Radcliffe College Commencement. 1960.

canicule. Et je fus frappé aussi que personne ne puisse y pratiquer l'oubli et le pardon. J'affrontais la désapprobation chaque fois que j'allais en automobile jusqu'à mon bureau à l'orée des bois. Cet après-midi, la ville était déserte, à part quelques flâneurs qui traînaient près des postes à essence et au coin des rues. Tous me regardaient avec animosité. Des jeunes garçons en blue-jeans étaient affalés contre les façades des bâtiments. Ils me dévisageaient. Un de mes concitoyens avec qui j'étais en bons termes arrêta sa voiture à côté de la mienne à un feu rouge. Je lui fis signe de la main. Il se détourna avec une expression fermée, ne voulant pas être vu par les passants en train de me faire un geste amical, ne voulant pas qu'ils puissent colporter des racontars. Je humai l'odeur d'asphalte fondu au soleil, le parfum estival de trèfle, j'encaissai la rebuffade et continuai mon chemin. Mais je me surpris à vérifier qu'il n'y eût point de voiture bloquant l'allée qui menait à la grange.

Le chemin était dégagé, mais les voisins étaient dans leur cour. La femme regarda fixement ses pieds. L'homme, qui arrachait des mauvaises herbes, releva la tête et jeta un regard menaçant sur mon passage. Je regardai les ornières sablonneuses et ne tournai la tête ni à droite ni à gauche. (Trop de fois avais-je essayé de saluer.) Dans mon rétroviseur, je les vis comme des statues me scrutant à travers le nuage de poussière rose que mes roues soulevaient.

Le 14 août.

C'était la fin de l'après-midi d'une journée nuageuse et humide. Mes parents, incapables de supporter l'hostilité, avaient vendu leur maison et tous leurs meubles et étaient partis pour Mexico où ils espéraient se rebâtir une nouvelle vie. Nous aussi, nous allions partir, après avoir décidé que c'était trop injuste pour les enfants de rester.

Mais j'estimais que je ne devais pas encore m'éloigner, afin de donner une chance aux brutes de réaliser leurs menaces. Je ne pouvais pas leur permettre de se vanter de m'avoir « chassé ». Ils avaient promis de me faire un sort le 15 juillet et maintenant ils annonçaient que ce serait pour le 15 août.

Au-delà des prés, la musique populaire régionale, d'une incroyable vulgarité, jaillissait des haut-parleurs tonitruants du cabaret sur la grand-route. J'étais assis dans le studio dénudé où j'avais travaillé pendant tant d'années, d'où l'on avait tout enlevé sauf la table, la machine à écrire et le lit, sans draps ni couvertures, avec la toile à matelas qui lorgnait le plafond. J'étais environné de rayons vidés de leurs livres. A quelques mètres de là, la maison de mes parents ne contenait plus rien non plus. J'errais de la grange à la maison.

Le 17 août.

Je restai encore quelque temps et je ne vis personne prendre le chemin qui menait à mon bureau dans la grange. On ne vint pas me chercher.

Je pris un jeune Noir à mon service pour m'aider à nettoyer la maison de mes parents afin qu'elle fût d'une propreté méticuleuse pour les nouveaux propriétaires. Le jeune garçon me connaissait et me parlait sans réticence, sachant que j'étais en quelque sorte « l'un des leurs ». Tant les Noirs que les Blancs avaient acquis cette étrange certitude découlant de mon expérience — parce que j'avais été un Noir pendant six semaines, je demeurais en partie Noir ou peut-être essentiellement Noir.

Tandis que nous balayions et brûlions de vieux journaux, nous bavardions.

« Pourquoi est-ce que les Blancs nous détestent ? — nous ne les détestons pas », demanda-t-il.

Nous eûmes une longue conversation au cours de laquelle il fit ressortir le fait évident que les Blancs apprennent à leurs enfants à dire « Nègre ». Il dit que cela lui arrivait continuellement et qu'il ne voulait même pas aller dans le voisinage des Blancs parce que cela l'écœurait d'être appelé ainsi. Il me dit des choses révélatrices.

« Vos enfants ne nous détestent pas, n'est-ce pas ?

— Dieu, non ! m'exclamai-je. Les enfants ne disent ce genre de saletés que parce qu'on les leur enseigne. Jamais nous ne permettrions aux nôtres de les apprendre.

— Le Dr Cook est comme ça. Sa petite fille m'a traité de “ Nègre ”, et il lui a dit que si jamais il l'entendait redire ce mot, elle recevrait la plus belle fessée de sa vie. »

Les Noirs ne comprennent pas plus les Blancs que ceux-ci ne comprennent les Noirs. J'étais consterné de voir à quel point ce garçon exagérait — et comment en serait-il autrement — les sentiments des Blancs à l'égard des Noirs. Il pensait que tous le détestaient.

La plus désolante conséquence de cette absence de communication est l'accroissement du racisme chez les Noirs, justifié jusqu'à un certain point, mais néanmoins un symptôme très grave. Cela ne fait qu'élargir l'abîme que des hommes de bonne volonté s'efforcent désespérément de combler avec de la compréhension et de la compassion. Cela ne fait que renforcer la cause des racistes blancs. Si le Noir, dont l'émancipation est maintenant proche, s'attaque à un homme à cause de sa blancheur, il commet la même tragique erreur qu'ont commise les racistes blancs.

Et cela se produit sur une échelle plus grande. Trop de ces dirigeants militants prêchent la supériorité des Noirs. Je prie le Seigneur que les Noirs ne gâchent pas leur chance de s'élever, de bâtir, grâce à la force acquise dans des souffrances passées, et, surtout, d'être au-dessus de la vengeance.

Si une étincelle mettait le feu aux poudres, cela serait la tragédie insensée de l'ignorance contre l'ignorance, de l'injustice contre l'injustice — un massacre qui déchirerait quantité d'êtres humains innocents et de bon vouloir.

Alors nous devrions tous payer pour n'avoir pas depuis longtemps exigé la justice.

COLLECTION FOLIO

Dernières parutions

4047.	Ivan Tourguéniev	*Clara Militch.*
4048.	H.G. Wells	*Un rêve d'Armageddon.*
4049.	Michka Assayas	*Exhibition.*
4050.	Richard Bausch	*La saison des ténèbres.*
4051.	Saul Bellow	*Ravelstein.*
4052.	Jerome Charyn	*L'homme qui rajeunissait.*
4053.	Catherine Cusset	*Confession d'une radine.*
4055.	Thierry Jonquet	*La Vigie* (à paraître).
4056.	Erika Krouse	*Passe me voir un de ces jours.*
4057.	Philippe Le Guillou	*Les marées du Faou.*
4058.	Frances Mayes	*Swan.*
4059.	Joyce Carol Oates	*Nulle et Grande Gueule.*
4060.	Edgar Allan Poe	*Histoires extraordinaires.*
4061.	George Sand	*Lettres d'une vie.*
4062.	Frédéric Beigbeder	*99 francs.*
4063.	Balzac	*Les Chouans.*
4064.	Bernardin de Saint Pierre	*Paul et Virginie.*
4065.	Raphaël Confiant	*Nuée ardente.*
4066.	Florence Delay	*Dit Nerval.*
4067.	Jean Rolin	*La clôture.*
4068.	Philippe Claudel	*Les petites mécaniques.*
4069.	Eduardo Barrios	*L'enfant qui devint fou d'amour.*
4070.	Neil Bissoondath	*Un baume pour le cœur.*
4071.	Jonahan Coe	*Bienvenue au club.*
4072.	Toni Davidson	*Cicatrices.*
4073.	Philippe Delerm	*Le buveur de temps.*
4074.	Masuji Ibuse	*Pluie noire.*
4075.	Camille Laurens	*L'Amour, roman.*
4076.	François Nourissier	*Prince des berlingots.*
4077.	Jean d'Ormesson	*C'était bien.*
4078.	Pascal Quignard	*Les Ombres errantes.*
4079.	Isaac B. Singer	*De nouveau au tribunal de mon père.*

4080. Pierre Loti	*Matelot.*
4081. Edgar Allan Poe	*Histoires extraordinaires.*
4082. Lian Hearn	*Le clan des Otori, II : les Neiges de l'exil.*
4083. La Bible	*Psaumes.*
4084. La Bible	*Proverbes.*
4085. La Bible	*Évangiles.*
4086. La Bible	*Lettres de Paul.*
4087. Pierre Bergé	*Les jours s'en vont je demeure.*
4088. Benjamin Berton	*Sauvageons.*
4089. Clémence Boulouque	*Mort d'un silence.*
4090. Paule Constant	*Sucre et secret.*
4091. Nicolas Fargues	*One Man Show.*
4092. James Flint	*Habitus.*
4093. Gisèle Fournier	*Non-dits.*
4094. Iegor Gran	*O.N.G.!*
4095. J.M.G. Le Clézio	*Révolutions.*
4096. Andréï Makine	*La terre et le ciel de Jacques Dorme.*
4097. Collectif	*«Parce que c'était lui, parce-que c'était moi».*
4098. Anonyme	*Saga de Gísli Súrsson.*
4099. Truman Capote	*Monsieur Maléfique et autres nouvelles.*
4100. E.M. Cioran	*Ébauches de vertige.*
4101. Salvador Dali	*Les moustaches radar.*
4102. Chester Himes	*Le fantôme de Rufus Jones* et autres nouvelles.
4103. Pablo Neruda	*La solitude lumineuse.*
4104. Antoine de St-Exupéry	*Lettre à un otage.*
4105. Anton Tchekhov	*Une banale histoire.*
4106. Honoré de Balzac	*L'Auberge rouge.*
4107. George Sand	*Consuelo I.*
4108. George Sand	*Consuelo II.*
4109. André Malraux	*Lazare.*
4110 Cyrano de Bergerac	*L'autre monde.*
4111 Alessandro Baricco	*Sans sang.*
4112 Didier Daeninckx	*Raconteur d'histoires.*
4113 André Gide	*Le Ramier.*
4114. Richard Millet	*Le renard dans le nom.*
4115. Susan Minot	*Extase.*

4116. Nathalie Rheims	*Les fleurs du silence.*
4117. Manuel Rivas	*La langue des papillons.*
4118. Daniel Rondeau	*Istanbul.*
4119. Dominique Sigaud	*De chape et de plomb.*
4120. Philippe Sollers	*L'Étoile des amants.*
4121. Jacques Tournier	*À l'intérieur du chien.*
4122. Gabriel Sénac de Meilhan	*L'Émigré.*
4123. Honoré de Balzac	*Le Lys dans la vallée.*
4124. Lawrence Durrell	*Le Carnet noir.*
4125. Félicien Marceau	*La grande fille.*
4126. Chantal Pelletier	*La visite.*
4127. Boris Schreiber	*La douceur du sang.*
4128. Angelo Rinaldi	*Tout ce que je sais de Marie.*
4129. Pierre Assouline	*Etat limite.*
4130. Elisabeth Barillé	*Exaucez-nous.*
4131. Frédéric Beigbeder	*Windows on the World.*
4132. Philippe Delerm	*Un été pour mémoire.*
4133. Colette Fellous	*Avenue de France.*
4134. Christian Garcin	*Du bruit dans les arbres.*
4135. Fleur Jaeggy	*Les années bienheureuses du châtiment.*
4136. Chateaubriand	*Itinéraire de Paris à Jerusalem.*
4137. Pascal Quignard	*Sur le jadis. Dernier royaume, II.*
4138. Pascal Quignard	*Abîmes. Dernier Royaume, III.*
4139. Michel Schneider	*Morts imaginaires.*
4140. Zeruya Shalev	*Vie amoureuse.*
4141. Frederic Vitoux	*La vie de Céline.*
4142. Fédor Dostoievski	*Les Pauvres Gens.*
4143. Ray Bradbury	*Meurtres en douceur.*
4144. Carlos Castaneda	*Stopper-le-monde.*
4145. Confucius	*Entretiens.*
4146. Didier Daeninckx	*Ceinture rouge.*
4147. William Faulkner	*Le caïd.*
4148. Gandhi	*En guise d'autobiographie.*
4149. Guy de Maupassant	*Le verrou et autre contes grivois.*
4150. D.A.F. de Sade	*La philosophie dans le boudoir.*
4151. Italo Svevo	*L'assassinat de la via Belpoggio.*
4152. Laurence Cossé	*Le 31 du mois d'août.*
4153. Benoît Duteurtre	*Service clientèle.*
4154. Christine Jordis	*Bali, Java, en rêvant.*
4155. Milan Kundera	*L'ignorance.*

Impression Liberdúplex
à Barcelone, le 2 juin 2005
Dépôt légal : juin 2005
Premier dépôt légal dans la collection : juin 1976

ISBN 2-07-036809-2./Imprimé en Espagne.

137420